LES
AUTEURS LATINS

EXPLIQUÉS D'APRÈS UNE MÉTHODE NOUVELLE

PAR DEUX TRADUCTIONS FRANÇAISES

Ce discours a été expliqué littéralement, annoté et revu pour la traduction française par M. Materne, agrégé des classes supérieures des lettres, inspecteur de l'Académie de Seine-et-Oise.

Imprimerie de Ch. Lahure (ancienne maison Crapelet)
rue de Vaugirard, 9, près de l'Odéon.

LES
AUTEURS LATINS

EXPLIQUÉS D'APRÈS UNE MÉTHODE NOUVELLE

PAR DEUX TRADUCTIONS FRANÇAISES

L'UNE LITTÉRALE ET JUXTALINÉAIRE PRÉSENTANT LE MOT A MOT FRANÇAIS
EN REGARD DES MOTS LATINS CORRESPONDANTS
L'AUTRE CORRECTE ET PRÉCÉDÉE DU TEXTE LATIN

avec des sommaires et des notes

PAR UNE SOCIÉTÉ DE PROFESSEURS

ET DE LATINISTES

CICÉRON

DISCOURS POUR LIGARIUS

PARIS

LIBRAIRIE DE L. HACHETTE ET Cie

RUE PIERRE-SARRAZIN, N° 14

(Près de l'École de Médecine)

1853

AVIS

On a réuni par des traits, les mots français qui traduisent un seul mot latin.

On a imprimé en *italique* les mots qu'il était nécessaire d'ajouter pour rendre intelligible la traduction littérale, et qui n'avaient pas leur équivalent dans le latin.

Enfin, les mots placés entre parenthèses, dans le français, doivent être considérés comme une seconde explication, plus intelligible que la version littérale.

ARGUMENT ANALYTIQUE.

César avait consenti sans peine au rappel de Marcellus. Les frères de Q. Ligarius conçurent l'espoir d'obtenir pour lui la même faveur. Mais sa cause était bien différente. Il avait été fait prisonnier dans Adrumète, peu après la bataille de Thapsus. Or le dictateur, clément et généreux envers les citoyens qui avaient suivi Pompée et combattu à Pharsale, conservait beaucoup de ressentiment contre ceux qui s'étaient attachés à Métellus Scipion, à Varus et à Juba, roi de Mauritanie, pour lui faire la guerre en Afrique. Tout en leur laissant la vie, après sa victoire à Thapsus, il voyait en eux des ennemis opiniâtres et implacables.

Cependant les sollicitations des Ligarius, auxquels s'étaient joints Cicéron, Pansa et plusieurs autres sénateurs, n'avaient pas été sans effet. Cicéron, dans une lettre à Q. Ligarius (*Lettres familières*, VI, XIV), lui rend compte de l'audience qu'ils avaient eue de César. Sa réponse, sans être décisive, permettait cependant d'espérer.

Les choses en étaient là, lorsque Tubéron, ennemi personnel de Ligarius, connaissant les vrais sentiments du dictateur, accusa, dans les formes ordinaires, Ligarius d'avoir fait la guerre en Afrique, et le dénonça comme coupable d'entêtement et d'obstination à la poursuite de cette guerre. César, rempli des nouvelles préventions qu'on lui avait inspirées, décida que la cause serait plaidée au forum, et se réserva le jugement. Cicéron défendit Ligarius. Vainement le juge s'était promis d'être inflexible. L'éloquence fut victorieuse : elle triompha d'un vainqueur irrité, et lui arracha la grâce de son ennemi le plus odieux.

Le plaidoyer de Tubéron existait encore du temps de Quintilien. Celui de Cicéron obtint le plus brillant succès (*Lettres à Atticus*, XII,

XIII, XIX, XLIV) : il fut publié aussitôt, et accueilli partout avec une avide curiosité.

Ce discours animé, rapide, le plus pathétique et le plus entraî-nant peut-être que nous ait laissé l'antique éloquence, passe avec raison pour un des plus beaux monuments de l'habileté et de l'adresse insinuante de l'orateur romain.

Il fut prononcé vers la fin de l'an de Rome 707. Cicéron avait alors soixante et un ans.

I. Ligarius a été en Afrique, Cicéron l'avoue tout d'abord, et s'en remet entièrement à la clémence de César. Ligarius est parti pour l'Afrique comme lieutenant, avant la guerre, et, une fois la guerre allumée, il s'est tenu à l'écart.

II. S'il est resté dans la province, c'est qu'il n'a pas été libre d'en sortir.

III. Cicéron lui-même a été beaucoup plus coupable que Ligarius ; quant à l'accusateur Tubéron, il s'est montré, parmi les partisans de Pompée, l'un des plus acharnés à la perte de César.

IV. L'accusation de Tubéron ne tend à rien moins qu'à faire périr Ligarius : un pareil exemple n'a jamais été donné, pas même sous la dictature de Sylla.

V. Si, par un honorable mensonge, Cicéron niait la faute de Liga-rius, ce ne serait pas à Tubéron de le réfuter. Mais, quand la faute est avouée, mettre César en garde contre la pitié, quelle cruauté !

VI. Tubéron qualifie de criminelle la conduite de Ligarius, tan-dis que César lui-même n'a imputé cette triste guerre qu'à l'égare-ment de quelques citoyens.

VII. Le ressentiment est le seul mobile de l'accusateur : son père, qui venait pour prendre le gouvernement de l'Afrique, en a été chassé. Mais, s'il y avait été reçu, aurait-il remis la province à César, ou l'aurait-il défendue contre lui ?

VIII. Repoussé de l'Afrique, Tubéron est allé rejoindre Pompée, et il accuse devant César celui qui l'a empêché de faire la guerre à César.

IX. Éloge ironique de la constance de Tubéron, qui, repoussé de la province où le sénat l'avait envoyé, se retire au sein de ce même parti qui l'a ignominieusement chassé.

X. Si Tubéron poursuit l'injure de la république, qu'il commence par se justifier de sa persévérance à suivre les drapeaux de Pompée. S'il poursuit la sienne propre, qu'il n'attende pas que César, pour lui plaire, montre une sévérité qu'il n'a pas même voulu déployer contre ses ennemis personnels.

XI. La grâce de Ligarius est sollicitée par ses frères, par toute sa famille, par une province tout entière.

XII. Les trois Ligarius étaient de cœur avec César ; un seul a été écarté par la tempête : cette séparation eût-elle été volontaire, César accordera sans doute au peuple la grâce de Ligarius, comme il a accordé naguère au sénat celle de Marcellus.

DISCOURS

POUR Q. LIGARIUS.

I. Q. Tubero,
meus propinquus,
detulit ad te, C. Cæsar,
crimen novum
et inauditum
ante hunc diem,
Q. Ligarium
fuisse in Africa :
Caiusque Pansa,
vir ingenio præstanti,
fretus fortasse
ea familiaritate
quæ est ei tecum,
ausus est confiteri id.
Itaque nescio
quo me vertam.
Veneram enim paratus,
quum tu
neque scires id per te,
neque potuisses audire
aliunde,
ut abuterer tua ignoratione
ad salutem hominis miseri.
Sed, quoniam
id quod latebat
investigatum est
diligentia inimici,
confitendum est, ut opinor;
præsertim quum C. Pansa,
meus necessarius,
fecerit ut id
non esset jam integrum ;
controversiaque omissa,

I. Q. Tubéron,
mon parent,
a porté vers (devant) toi, C. César,
une accusation nouvelle
et inouïe
avant ce jour,
savoir Q. Ligarius
avoir été en Afrique :
et Caius Pansa,
homme d'un esprit supérieur,
soutenu peut-être
par cette intimité
qui est à lui avec toi,
a osé avouer cela.
Aussi je ne sais
où je puis-me-tourner.
En effet j'étais venu préparé,
puisque toi
ni tu ne savais cela par toi,
ni tu n'avais pu *l'*apprendre
d'ailleurs,
afin que je profitasse de ton ignorance
pour le salut d'un homme malheureux.
Mais, puisque
ce qui était caché
a été découvert
par l'activité de *notre* ennemi,
il faut avouer, comme je pense ;
surtout lorsque C. Pansa,
mon ami,
a fait en sorte que cela
ne fût plus à-*ma*-discrétion ;
et la discussion étant mise-de-côté,

ORATIO

PRO Q. LIGARIO.

I. Novum crimen [1], C. Cæsar, et ante hunc diem inauditum, propinquus meus ad te Q. Tubero [2] detulit, Q. Ligarium in Africa fuisse : idque C. Pansa [3], præstanti vir ingenio, fretus fortasse ea familiaritate quæ est ei tecum, ausus est confiteri. Itaque quo me vertam nescio. Paratus enim veneram, quum tu id neque per te scires, neque audire aliunde potuisses, ut ignoratione tua ad hominis miseri salutem abuterer. Sed, quoniam diligentia inimici investigatum est id quod latebat, confitendum est, ut opinor, præsertim quum meus necessarius, C. Pansa, fecerit ut id jam integrum non esset; omissaque controversia,

I. César, Q. Tubéron, mon parent, a porté devant vous une accusation nouvelle et sans exemple jusqu'à ce jour : il accuse Q. Ligarius d'avoir été en Afrique; et ce fait, C. Pansa, homme distingué par son esprit, se fiant peut-être sur l'amitié qui l'unit à vous, en a osé faire l'aveu. Aussi mon embarras est extrême. Persuadé que vous n'en saviez rien par vous-même, et que nul autre n'avait pu vous en instruire, j'étais venu avec le dessein de profiter de l'ignorance où vous étiez pour sauver un malheureux. Mais, puisque la haine a surpris notre secret, puisque surtout mon ami ne me laisse plus la liberté de suivre ma première idée, je ne nierai rien ; et mon

omnis oratio ad misericordiam tuam conferenda est, qua plurimi sunt conservati, quum a te non liberationem culpæ, sed
errati veniam impetravissent.

Habes igitur, Tubero, quod est accusatori maxime optandum,
confitentem reum ; sed tamen ita confitentem, se in ea parte
fuisse, qua te, Tubero, qua virum omni laude dignum, patrem
tuum. Itaque prius de vestro delicto confiteamini necesse est,
quam Ligarii ullam culpam reprehendatis.

Q. enim Ligarius[1], quum esset nulla belli suspicio, legatus in
Africam cum C. Considio profectus est : qua in legatione et civibus et sociis ita se probavit, ut decedens Considius provincia
satisfacere hominibus non posset, si quemquam alium provin-
ciæ præfecisset. Itaque Q. Ligarius, quum diu recusans nihil
profecisset, provinciam accepit invitus : cui sic præfuit in pace,
ut et civibus et sociis gratissima esset ejus integritas et fides.

Bellum subito exarsit ; quod, qui erant in Africa, ante au-

unique refuge sera cette bonté généreuse qu'ont déjà éprouvée tant
de citoyens, lorsqu'ils ont obtenu de votre clémence moins le pardon
d'une faute que l'oubli d'une erreur.

Ainsi, Tubéron, vous avez ce qui est le plus à désirer pour un
accusateur : l'aveu de l'accusé. Mais qu'avoue-t-il? qu'il a suivi le
parti que vous suiviez vous-même, et que votre respectable père avait
embrassé comme vous. Il est donc nécessaire que l'un et l'autre,
avant de rien reprocher à Ligarius, vous commenciez par vous reconnaître coupables du même crime que lui.

En effet, Q. Ligarius, nommé lieutenant de C. Considius, partit
pour l'Afrique, lorsqu'il n'y avait aucune apparence de guerre. Dans
cet emploi il se concilia tellement l'affection des citoyens et des
alliés, que Considius, en quittant la province, aurait contrarié le
vœu de tous les habitants, s'il eût remis ses pouvoirs à un autre. Ligarius refusa longtemps de s'en charger. Enfin, malgré sa répu-
gnance, il accepta le commandement, et, tant que dura la paix, il
administra de manière à mériter par sa droiture et sa probité l'estime et l'affection des citoyens romains et des alliés.

La guerre éclata tout à coup : ceux qui étaient en Afrique l'ap-

omnis oratio conferenda est	tout *mon* discours doit être rapporté
ad tuam misericordiam,	à ta pitié, (adressé)
qua plurimi	par laquelle beaucoup
conservati sunt,	ont été sauvés,
quum impetravissent a te	après qu'ils avaient obtenu de toi
non liberationem culpæ,	non la justification de *leur* faute,
sed veniam errati.	mais le pardon de *leur* erreur.
Habes igitur, Tubero,	Tu as donc, Tubéron,
quod est maxime optandum	ce qui est le plus désirable
accusatori,	pour un accusateur,
reum confitentem ;	un accusé qui avoue ;
sed tamen confitentem ita,	mais cependant qui avoue ainsi,
se fuisse in ea parte,	lui avoir été dans ce parti, [*été*
qua te, Tubero,	dans lequel *il avoue* toi, Tubéron, *avoir*
qua tuum patrem,	dans lequel *il avoue* ton père,
virum dignum omni laude.	homme digne de tout éloge, *avoir été*.
Itaque est necesse	C'est-pourquoi il est nécessaire
confiteamini	que vous conveniez
de vestro delicto,	de votre faute,
priusquam reprehendatis	avant que vous blâmiez
ullam culpam Ligarii.	aucun tort de Ligarius.
Q. enim Ligarius,	En effet Q. Ligarius,
quum nulla suspicio belli	lorsque aucun soupçon de guerre
esset,	n'était,
profectus est legatus	partit *comme* lieutenant
in Africam	pour l'Afrique
cum C. Considio :	avec C. Considius :
in qua legatione	dans laquelle lieutenance
se probavit et civibus	il se fit-approuver et des citoyens
et sociis	et des (alliés)
ita, ut Considius	tellement, que Considius
decedens provincia,	se retirant de la province,
non posset satisfacere	ne pouvait contenter
hominibus,	les hommes (habitants),
si præfecisset provinciæ	s'il eût mis-à-la-tête de la province
quemquam alium.	tout autre.
Itaque Q. Ligarius,	Aussi Q. Ligarius,
quum recusans diu	comme refusant longtemps
profecisset nihil,	il n'avait gagné rien,
accepit invitus provinciam:	accepta malgré-lui la province :
cui præfuit in pace	à laquelle il présida dans la paix
sic, ut integritas	tellement, que l'intégrité
et fides ejus	et la bonne-foi de lui
esset gratissima	fût très-agréable
et civibus et sociis.	et aux citoyens et aux alliés.
Bellum exarsit subito ;	La guerre s'alluma tout à coup ;
quod qui erant in Africa	laquelle ceux qui étaient en Afrique

dierunt geri quam parari. Quo audito, partim cupiditate inconsiderata, partim cæco quodam timore, primo salutis, post etiam
studii sui quærebant aliquem ducem, quum Ligarius domum
spectans, et ad suos redire cupiens, nullo se implicari negotio
passus est. Interim P. Attius Varus, qui prætor Africam obtinuerat, Uticam venit[1] : ad eum statim concursum est. Atque
ille non mediocri cupiditate arripuit imperium, si illud imperium esse potuit, quod ad privatum clamore multitudinis imperitæ, nullo publico consilio, deferebatur. Itaque Ligarius, qui
omne tale negotium cuperet effugere, paulum adventu Vari
conquievit.

II. Adhuc, C. Cæsar, Q. Ligarius omni culpa vacat. Domo
est egressus non modo nullum ad bellum, sed ne ad minimam
quidem suspicionem belli : legatus in pace profectus, in pro-

prirent avant d'avoir su qu'on s'y préparât. A cette nouvelle, les
uns, emportés par une passion peu réfléchie, les autres, aveuglés par
je ne sais quelle crainte, cherchaient un chef qui pût les sauver et
soutenir leur parti. Ligarius, dont tous les regards étaient tournés
vers Rome, et qui n'aspirait qu'à rejoindre sa famille, ne voulut se
lier par aucun engagement. Sur ces entrefaites, arriva dans Utique
P. Attius Varus, autrefois préteur de la province. De toutes parts
on accourut à lui : il saisit avec avidité le commandement, si toutefois on peut nommer ainsi le pouvoir déféré à un homme privé par
les cris d'une multitude aveugle, et sans nul concours de l'autorité
publique. Ainsi Ligarius, heureux de ne prendre aucune part à tous
ces mouvements, jouit de quelque repos à l'arrivée de Varus.

II. Jusqu'ici Ligarius est sans reproche. Il n'a point quitté Rome
pour faire la guerre. Il ne soupçonnait pas même que la guerre pût
avoir lieu. Nommé lieutenant, il est parti pendant la paix ; et, dans

audierunt geri
apprirent être faite

antequam parari.
avant qu'*ils eussent appris elle* être prépa-
Laquelle chose étant apprise, [rée.

Quo audito,

partim
en-partie

cupiditate inconsiderata,
par une ardeur inconsidérée,

partim
en-partie

quodam timore cæco,
par une certaine crainte aveugle,

quærebant aliquem ducem,
ils cherchaient quelque chef,

primo salutis,
d'abord de *leur* salut,

post etiam sui studii,
puis aussi de leur parti,

quum Ligarius
lorsque Ligarius

spectans domum,
regardant *vers sa* patrie,

et cupiens redire ad suos,
et désirant retourner vers les siens,

passus est se implicari
ne souffrit lui être engagé

nullo negotio.
dans aucune affaire.

Interim P. Attius Varus,
Cependant P. Attius Varus,

qui obtinuerat Africam
qui avait occupé l'Afrique

prætor,
comme préteur,

venit Uticam :
vint à Utique :

statim
aussitôt

concursum est ad eum.
on accourut vers lui.

Atque ille,
Et celui-ci (Attius),

cupiditate non mediocri,
avec une avidité non médiocre,

arripuit imperium,
saisit le commandement,

si illud
si celui-là

potuit esse imperium,
put être un commandement,

quod deferebatur
lequel était déféré

ad privatum
à un particulier

clamore
par la clameur

multitudinis imperitæ,
d'une multitude ignorante,

nullo consilio publico.
sans aucun décret public.

Itaque Ligarius,
Aussi Ligarius,

qui cuperet effugere
qui désirait éviter

omne negotium tale,
toute affaire telle,

conquievit paulum
se reposa un peu

adventu Vari.
par l'arrivée de Varus.

II. Adhuc, C. Cæsar,
II. Jusqu'ici, C. César,

Q. Ligarius
Q. Ligarius

vacat omni culpa.
est-exempt de toute faute.

Egressus est domo
Il est sorti de *sa* patrie

non modo
non-seulement

ad nullum bellum,
pour aucune guerre,

sed ne quidem
mais pas même

ad minimam suspicionem
pour le moindre soupçon

belli :
de guerre :

profectus legatus in pace,
parti *comme* lieutenant dans la paix,

se gessit
il s'est comporté

1.

vincia pacatissima ita se gessit, ut ei pacem esse expediret.
Profectio certe animum tuum non debet offendere. Num igitur
remansio? Multo minus. Nam profectio voluntatem habuit non
turpem, remansio etiam necessitatem honestam. Ergo hæc
duo tempora carent crimine : unum, quum est legatus profectus; alterum, quum, efflagitatus a provincia, præpositus
Africæ est.

Tertium est tempus, quo post adventum Vari in Africa restitit. Quod si est criminosum, necessitatis crimen est, non voluntatis. An ille, si potuisset illinc ullo modo evadere, Uticæ
potius quam Romæ, cum P. Attio quam cum concordissimis
fratribus, cum alienis esse quam cum suis maluisset? Quum
ipsa legatio plena desiderii ac sollicitudinis fuisset propter incredibilem quemdam fratrum amorem, hic æquo animo esse
potuit belli discidio distractus a fratribus?

Nullum igitur habes, Cæsar, adhuc in Q. Ligario signum

l'administration de la province la plus tranquille, il lui convenait
surtout que cette paix fût maintenue. Assurément son départ ne doit
pas vous offenser. Accuserez-vous son séjour? Bien moins encore.
L'un fut l'effet d'une volonté qui n'a rien de criminel; l'autre fut
commandé par une nécessité qui n'a rien que d'honorable. Ainsi
donc, soit qu'il parte en qualité de lieutenant, soit qu'à la sollici-
tation de la province il accepte le gouvernement de l'Afrique, nul
reproche, ni à l'une ni à l'autre de ces deux époques, ne peut lui être
adressé.

Mais il y est demeuré après l'arrivée de Varus. Si c'est un crime,
il faut s'en prendre non à son choix, mais à la nécessité. S'il eût été
en son pouvoir de s'échapper, aurait-il balancé entre Utique et
Rome, entre Attius et des frères si tendrement chéris, entre des
étrangers et sa famille? Sa tendresse extrême pour ses frères lui
avait causé, pendant tout le temps de sa lieutenance, des regrets et
des inquiétudes cruelles : comment aurait-il consenti à se séparer
d'eux pour suivre des drapeaux opposés?

Ainsi donc, César, vous n'apercevez encore dans Ligarius aucun

in provincia pacatissima   dans sa province très-tranquille

ita ut expediret ei   de manière qu'il était-utile à lui

pacem esse.   la paix être (subsister).

Profectio certe   *Son* départ certes

non debet offendere   ne doit pas offenser

tuum animum.   ton esprit.

Num igitur remansio ?   Est-ce donc *son* séjour *qui doit t'offenser ?*

Multo minus.   Beaucoup moins *encore.*

Nam profectio   Car *son* départ

habuit voluntatem   a eu une intention

non turpem,   non honteuse,

remansio etiam   *son* séjour *a eu* même

necessitatem honestam.   une nécessité honorable.

Ergo hæc duo tempora   Donc ces deux époques

carent crimine :   sont exemptes de crime :

unum ,   l'une,

quum profectus est legatus;   lorsqu'il partit *comme* lieutenant ,

alterum , quùm ,   l'autre, lorsque,

efflagitatus a provincia ,   réclamé par *sa* province,

præpositus est Africæ.   il fut mis-à-la-tête de l'Afrique.

    Tertium tempus est ,   Une troisième époque est,

quo restitit in Africa   *celle* dans laquelle il resta en Afrique

post adventum Vari.   après l'arrivée de Varus.

Quod si est criminosum,   Laquelle *époque* si elle est coupable,

crimen est necessitatis,   le crime est *celui* de la nécessité,

non voluntatis.   non de la volonté.

An ille, si potuisset   Est-ce que celui-ci, s'il eût pu

evadere illinc ullo modo ,   s'échapper de là de quelque manière,

maluisset esse Uticæ   eût mieux-aimé être à Utique

potius quam Romæ,   plutôt qu'à Rome,

cum P. Attio   avec P. Attius

quam cum fratribus   *plutôt* qu'avec *ses* frères

concordissimis,   très-unis,

cum alienis   avec des étrangers

quam cum suis?   *plutôt* qu'avec les siens?

Quum legatio ipsa   Puisque *sa* lieutenance-elle-même

fuisset plena desiderii   avait été pleine de regret

ac sollicitudinis   et d'inquiétude

propter quemdam amorem   à cause d'un certain amour

incredibilem   incroyable

fratrum ,   de (pour) *ses* frères,

hic potuit esse animo æquo   lui put-il être d'une âme égale

distractus a fratribus   éloigné de *ses* frères

discidio belli?   par la séparation de la guerre ?

    Adhuc igitur, Cæsar,   Jusqu'ici donc, César,

habes in Q. Ligario   tu *n*'as dans Q. Ligarius

nullum signum   aucun signe

alienæ a te voluntatis : cujus ego causam animadverte, quæso,
qua fide defendam : prodo meam. O clementiam admirabilem [1],
atque omni laude, prædicatione, litteris monumentisque decorandam ! M. Cicero apud te defendit alium in ea voluntate non
fuisse, in qua se ipsum confitetur fuisse ; nec tuas tacitas cogitationes extimescit ; nec quid tibi, de alio audienti, de se ipso
occurrat, reformidat.

III. Vide quam non reformidem ; vide quanta lux liberalitatis et sapientiæ tuæ mihi apud te dicenti oboriatur. Quantum potero, voce contendam, ut hoc populus Romanus exaudiat. Suscepto bello [2], Cæsar, gesto etiam ex magna parte, nulla
vi coactus, judicio ac voluntate ad ea arma profectus sum,
quæ erant sumpta contra te. Apud quem igitur hoc dico ?
Nempe apud eum qui, quum hoc sciret, tamen me, antequam
vidit, reipublicæ reddidit ; qui ad me ex Ægypto litteras misit, ut essem idem qui fuissem ; qui , quum ipse imperator in

---

signe d'une volonté ennemie. Et remarquez avec quelle bonne foi je
le défends : je trahis ma cause en servant la sienne. O clémence admirable ! ô vertu digne de tous nos éloges, et qui mérite que les
lettres et les arts la consacrent à l'immortalité ! Cicéron nie devant
vous qu'un autre ait eu des projets qu'il avoue pour lui-même ; et
il ne craint point vos réflexions secrètes ; il ne redoute point ce que
vous pouvez penser de lui, quand il parle pour un autre.

III. Voyez quelle est ma sécurité ; voyez combien d'éclat votre
générosité et votre sagesse ont à mes yeux. Je vais redoubler les efforts
de ma voix, afin que mes paroles soient entendues par tout le peuple
romain. César, la guerre était commencée, elle était presque ter-
minée, lorsque, sans nulle contrainte et par un libre mouvement de
ma volonté, je suis allé me joindre à ceux qui s'étaient armés contre
vous. A qui donc s'adressent mes paroles ? A celui qui, bien informé
de toutes mes actions, n'attendit pas qu'il m'eût vu pour me rendre
à la république ; à celui qui m'écrivit d'Égypte que mon état n'é-
prouverait aucun changement ; qui, seul dans tout l'empire romain

voluntatis aliénæ a te : — d'une volonté contraire à toi :
causam cujus — la cause duquel
animadverte, quæso, — remarque, je t'en prie,
qua fide ego defendam : — avec quelle bonne-foi moi je défends :
prodo meam. — je trahis la mienne.
O clementiam admirabilem — O clémence admirable
atque decorandam — et devant être honorée
omni laude, — par toute louange,
prædicatione, — par la publicité,
litteris monumentisque ! — par les écrits et par les monuments !
M. Cicero defendit apud te — M. Cicéron dit-pour-défense devant-toi
alium non fuisse — un autre n'avoir pas été
in ea voluntate, — dans cette intention,
in qua confitetur — dans laquelle il avoue
se ipsum fuisse; — lui-même avoir été;
nec extimescit — et il ne craint point
tuas cogitationes tacitas; — tes réflexions secrètes ;
nec reformidat — et il ne redoute point
quid occurrat de se ipso — quoi peut-se-présenter au sujet de lui-même
tibi audienti de alio. — à toi l'écoutant touchant un autre.
    III. Vide — III. Vois
quam non reformidem; — combien je ne te redoute pas :
vide quanta lux — vois quelle-grande lumière
tuæ liberalitatis et sapientiæ — de ta générosité et de ta sagesse
oboriatur mihi — apparaît à moi
dicenti apud te ! — parlant devant toi !
Contendam voce, — Je m'efforcerai de la voix,
quantum potero, — autant que je pourrai,
ut populus Romanus — afin que le peuple romain
exaudiat hoc : — entende ceci :
Cæsar, bello suscepto, — César, la guerre étant entreprise,
gesto etiam ex magna parte — étant faite même en grande partie,
coactus nulla vi, — n'étant contraint par aucune force,
profectus sum — je partis
judicio ac voluntate — de ma propre décision et volonté
ad ea arma, — pour prendre ces armes,
quæ sumpta erant contra te. — qui avaient été prises contre toi.
Apud quem igitur dico hoc? — Devant qui donc dis-je cela ?
Nempe apud eum qui, — A savoir devant celui qui,
quum sciret hoc, — quoiqu'il sût cela,
tamen reddidit me — cependant rendit moi
reipublicæ, — à la république,
antequam vidit; — avant qu'il m'eût vu ;
qui misit litteras ad me — qui envoya une lettre à moi
ex Ægypto, — de l'Égypte,
ut essem idem qui fuissem; — pour que je fusse le même que j'avais été;
qui, quum ipse — qui, bien que lui-même

toto imperio populi Romani unus esset, esse me alterum passus est; a quo, hoc ipso C. Pansa mihi nuntium perferente, concessos fasces laureatos tenui, quoad tenendos putavi [1]; qui mihi tum denique se salutem putavit dare, si eam nullis spoliatam ornamentis dedisset.

Vide, quæso, Tubero, ut, qui de meo facto non dubitem dicere, de Ligario non audeam confiteri. Atque hæc propterea de me dixi, ut mihi Tubero, quum de se eadem dicerem, ignosceret : cujus ego industriæ gloriæque faveo, vel propter propinquam cognationem, vel quod ejus ingenio studiisque delector, vel quod laudem adolescentis propinqui existimo etiam ad meum aliquem fructum redundare [2].

Sed hoc quæro, quis putet esse crimen, fuisse in Africa Ligarium ? Nempe is, qui et ipse in eadem Africa esse voluit, et prohibitum se a Ligario queritur, et certe contra ipsum Cæsarem est congressus armatus. Quid enim, Tubero, destrictus ille tuus in acie Pharsalica gladius agebat ? cujus latus ille

---

décoré du titre d'*imperator*, souffrit que je partageasse cet honneur avec lui; qui me fit annoncer par C. Pansa, ici présent, que je garderais les faisceaux couronnés de laurier aussi longtemps que je le voudrais; qui enfin aurait cru n'avoir rien fait pour moi, s'il ne m'avait conservé tous mes honneurs.

Pensez-vous, Tubéron, que je craignisse de faire pour Ligarius un aveu que je fais pour moi-même ? Au reste, j'ai parlé ainsi de moi afin que Tubéron ne trouvât pas mauvais que je disse la même chose de lui. Je m'intéresse à ses travaux et à ses succès; nous sommes unis par les liens du sang ; ses talents et son goût pour les lettres me charment, et sans doute la gloire d'un jeune parent ne doit pas me paraître étrangère.

Mais, je le demande, qui donc fait un crime à Ligarius d'avoir été en Afrique ? C'est un homme qui a voulu être en Afrique, qui se plaint que Ligarius l'en a empêché, qui enfin a combattu contre César lui-même. En effet, Tubéron, que faisiez-vous, le fer à la main, dans les champs de Pharsale ? quel sang vouliez-vous répan-

esset unus imperator
in toto imperio
populi Romani,
passus est me esse alterum ;
a quo, hoc C. Pansa ipso
perferente mihi nuntium,
tenui
fasces laureatos
concessos,
quoad putavi tenendos ;
qui tum denique putavit
se dare salutem mihi,
si dedisset eam
spoliatam
nullis ornamentis.

fût seul impérator
dans tout l'empire
du peuple romain,
souffrit moi être le second *imperator ;*
par qui, ce C. Pansa (C. Pansa que voici)
apportant à moi la nouvelle, [lui-même
j'ai gardé .
les faisceaux couronnés-de-lauriers
accordés *à moi,*
tant que j'ai pensé *eux* devant être gardés ;
qui alors enfin a pensé
lui donner le salut à moi,
s'il *m'*avait donné ce *salut*
dépouillé
d'aucun ornement.

Vide, quæso, Tubero,
ut, qui non dubitem
dicere de meo facto,
non audeam confiteri
de Ligarii !
Atque dixi hæc de me
propterea, ut Tubero
ignosceret mihi,
quum dicerem de se eadem :
cujus industriæ gloriæque
ego faveo,
vel propter
cognationem propinquam,
vel quod delector
ingenio studiisque ejus,
vel quod existimo laudem
adolescentis propinqui
redundare etiam
ad aliquem fructum meum.

Vois, je *te* prie, Tubéron,
comment *moi,* qui n'hésite pas
à parler de ma conduite,
je n'oserais pas convenir
de *celle* de Ligarius !
Et j'ai dit ces choses sur moi
à-cause-de-cela, afin que Tubéron
pardonnât à moi,
lorsque je dirais sur lui les mêmes cho-
lui à l'activité et à la gloire duquel [ses :
moi je m'intéresse,
soit à cause
d'une parenté proche,
soit parce que je suis charmé
de l'esprit et des goûts de lui,
soit parce que je pense la gloire
d'un jeune-homme *mon* parent
rejaillir même
pour quelque avantage mien.

Sed quæro hoc,
quis putet esse crimen,
Ligarium fuisse in Africa ?
Nempe is qui et voluit ipse
esse in eadem Africa,
et queritur se prohibitum
a Ligario,
et certe congressus est
armatus
contra Cæsarem ipsum.
Quid enim agebat, Tubero,
ille gladius tuus destrictus
in acie Pharsalica ?

Mais je demande ceci,
qui peut-penser *cela* être un crime,
Ligarius avoir été en Afrique ?
C'est précisément celui qui et a voulu
être dans la même Afrique, [lui-même
et se plaint lui *avoir été* empêché
par Ligarius,
et *qui* certes a combattu
armé
contre César lui-même.
Car que faisait, Tubéron,
ce glaive tien tiré
dans la bataille de-Pharsale ?

mucro petebat? qui sensus erat armorum tuorum? quæ tua mens? oculi? manus? ardor animi? quid cupiebas? quid optabas¹? Nimis urgeo; commoveri videtur adolescens : ad me revertar. Iisdem in armis fui.

IV. Quid autem aliud egimus, Tubero, nisi ut, quod hic potest, nos possemus? Quorum igitur impunitas, Cæsar, tuæ clementiæ laus est, eorum ipsorum ad crudelitatem te acuet oratio? Atque in hac causa nonnihil equidem, Tubero, tuam, sed multo magis patris tui prudentiam desidero : quod homo quum ingenio, tum etiam doctrina excellens, genus hoc causæ quod esset, non viderit. Nam, si vidisset, quovis profecto quam isto modo a te agi maluisset. Arguis fatentem. Non est satis. Accusas eum qui causam habet aut, ut ego dico, meliorem quam tu, aut, ut tu vis, parem.

Hæc admirabilia sunt; sed prodigii simile est quod dicam.

dre? dans quel flanc vos armes voulaient-elles se plonger? contre qui s'emportait l'ardeur de votre courage? vos mains, vos yeux, quel ennemi poursuivaient-ils? que désiriez-vous? que souhaitiez-vous?.... Je suis trop pressant; ce jeune homme se trouble!.... Je reviens à moi. Je m'étais armé pour la même cause.

IV. Mais enfin, Tubéron, que prétendions-nous, si ce n'est de pouvoir ce que peut aujourd'hui le vainqueur? Ainsi donc, César, ceux de qui l'impunité est un bienfait de votre clémence vous exciteront eux-mêmes à la cruauté? Ah! Tubéron, je ne reconnais pas ici votre prudence; j'y retrouve encore moins celle de votre père. Je m'étonne qu'un homme aussi distingué par son esprit et ses connaissances n'ait pas vu quelles sont les conséquences d'une telle accusation. Il vous aurait sans doute tracé une tout autre conduite. Vous vous attachez à convaincre un homme qui avoue tout. Ce n'est pas assez : vous accusez un homme moins coupable que vous, ou qui n'a fait que ce que vous confessez avoir fait vous-même.

Voilà sans doute un procédé que j'admire. Mais ce qui est vrai-

cujus ille mucro	de qui cette pointe
petebat latus?	cherchait-elle le flanc?
qui erat sensus	quel était le sens (l'objet)
tuorum armorum ?	de tes armes ?
quæ tua mens? oculi?	quelle *était* ta pensée ? *quels étaient tes*
manus?	*quelles étaient tes* mains? [yeux?
ardor animi ?	*quelle était* l'ardeur de *ton* courage ?
quid cupiebas?	que désirais-tu ?
quid optabas ?	que souhaitais-tu ?
Urgeo nimis :	Je presse trop :
adolescens	ce jeune-homme
videtur commoveri :	paraît s'émouvoir :
revertar ad me.	je reviendrai à moi. [parti).
Fui in iisdem armis.	J'ai été dans les mêmes armes (le même
IV. Quid autem aliud	IV. Or quelle autre chose
egimus, Tubero,	avons-nous faite, Tubéron,
nisi ut nos	sinon que nous
possemus quod hic potest?	nous pussions ce que celui-ci (César)
Oratio igitur	Donc le discours [peut ?
eorum ipsorum,	de ceux-là même,
quorum impunitas	dont l'impunité
est laus tuæ clementiæ,	est l'éloge de ta clémence,
Cæsar,	César,
acuet te ad crudelitatem ?	excitera toi à la cruauté ?
Atque in hac causa equidem	Et dans cette cause certes
desidero nonnihil etiam	je regrette un peu aussi
tuam prudentiam, Tubero,	ta prudence, Tubéron,
sed multo magis tui patris :	mais beaucoup plus *celle* de ton père :
quod homo excellens	de ce qu'un homme supérieur
quum ingenio,	soit par l'esprit,
tum etiam doctrina,	soit aussi par le savoir,
non viderit quod esset	n'ait pas vu quel était
hoc genus causæ.	ce genre de cause.
Nam, si vidisset,	Car, s'il *l*'eût vu,
maluisset profecto	il eût mieux-aimé assurément
agi a te	être agi par toi (que tu agisses)
quovis modo,	de toute *autre* manière,
quam isto.	*plutôt* que de celle-ci.
Arguis fatentem.	Tu accuses *un homme* qui avoue.
Non est satis.	*Ce* n'est pas assez.
Accusas	Tu accuses
eum qui habet causam,	celui qui a une cause,
aut, ut ego dico,	ou, comme moi je dis,
meliorem quam tu,	meilleure que toi,
aut, ut tu vis, parem	ou, comme toi tu veux, égale *à la tienne.*
Hæc sunt admirabilia;	Ces choses sont surprenantes;
sed quod dicam	mais ce que je vais-dire

Non habet eam vim ista accusatio, ut Q. Ligarius condemnetur, sed ut necetur. Hoc egit civis Romanus ante te nemo. Externi isti sunt mores : usque ad sanguinem incitari solet odium aut levium Græcorum aut immanium barbarorum. Nam quid aliud agis? ut Romæ ne sit? ut domo careat? ne cum optimis fratribus, ne cum hoc T. Broccho, avunculo suo, ne cum ejus filio, consobrino suo, ne nobiscum vivat? ne sit in patria? Num est? num potest magis carere his omnibus quam caret? Italia prohibetur, exsulat. Non tu ergo hunc patria privare, qua caret, sed vita, vis. At istud ne apud eum quidem dictatorem, qui omnes quos oderat morte mulctabat, quisquam egit isto modo. Ipse jubebat occidi, nullo postulante ; præmiis etiam invitabat. Quæ tamen crudelitas ab eodem aliquot annis post, quem tu nunc crudelem esse vis, vindicata est[1].

ment incroyable, c'est que votre accusation ne tend pas à faire exiler Ligarius, mais à le faire périr. Nul Romain, jusqu'à vous, n'en usa de la sorte. Ces mœurs nous sont étrangères ; il n'y a que les Grecs et les Barbares qui aient coutume d'assouvir leur haine dans le sang. Cependant que demandez-vous? Que Ligarius ne soit pas à Rome? qu'il ne vive pas dans sa famille, avec ses frères, avec T. Brocchus son oncle, avec le fils de cet oncle, avec nous? qu'il ne soit pas dans sa patrie? Mais est-il dans sa patrie? peut-il être privé de sa famille et de ses amis plus qu'il ne l'est en effet? L'Italie est fermée pour lui; il est exilé. Ce n'est donc pas de sa patrie, où il n'est pas, que vous voulez le priver, mais de la vie. Personne n'adressa une pareille demande même à ce dictateur qui frappait de la mort tous ceux qu'il haïssait. Il ordonnait les meurtres, lui seul, et sans qu'on le sollicitât : que dis-je? il les encourageait par des récompenses. Toutefois ses cruels agents ont été punis par ce même César, qu'aujourd'hui vous voulez rendre cruel.

est simile prodigii. — est semblable à un prodige.
Ista accusatio — Cette accusation
non habet vim eam, — n'a pas une force (portée) telle,
ut Q. Ligarius — que Q. Ligarius
condemnetur, — soit condamné,
sed ut necetur. — mais qu'il soit mis à mort.
Nemo civis Romanus — Aucun citoyen romain
egit hoc ante te. — n'a plaidé cela avant toi.
Isti mores sunt externi : — Ces mœurs sont étrangères :
odium — la haine
aut Græcorum levium — ou des Grecs frivoles,
aut Barbarorum immanium — ou des Barbares féroces
solet incitari — *seule* a-coutume d'être excitée
usque ad sanguinem. — jusqu'au sang.
Nam quid aliud agis ? — Car quelle autre chose plaides-tu ?
ut ne sit Romæ ? — qu'il ne soit pas à Rome ?
ut caréat domo ? — qu'il soit privé de *sa* maison (famille) ?
ne vivat — qu'il ne vive pas
cum fratribus optimis, — avec *ses* frères excellents,
ne cum hoc T. Broccho, — qu'*il* ne *vive* pas avec ce T. Brocchus,
suo avunculo, — son oncle,
ne cum filio ejus, — qu'*il* ne *vive* pas avec le fils de lui,
suo consobrino, — son cousin,
ne nobiscum ? — qu'*il* ne *vive* pas avec nous ?
ne sit in patria ? — qu'il ne soit pas dans *sa* patrie ?
Num est ? — Est-ce qu'il *y* est ?
num potest carere — est-ce qu'il peut être-privé
omnibus his — de tous ceux-ci
magis quam caret ? — plus qu'il n'*en* est-privé ?
Prohibetur Italia, exsulat. — Il est exclu de l'Italie, il est-exilé.
Ergo tu vis privare hunc — Donc toi tu veux priver lui
non patria, qua caret, — non de *sa* patrie, dont il est-privé,
sed vita. — mais de la vie.
At quisquam egit istud — Mais quelqu'un *ne* plaida cela
isto modo   [torem — de cette manière
ne quidem apud eum dicta- — pas même devant ce dictateur
qui mulctabat morte — qui punissait de mort
omnes quos oderat. — tous *ceux* qu'il haïssait.
Ipse jubebat occidi, — Lui-même ordonnait *eux* être mis-à-
nullo postulante ; — nul ne *le* demandant ;   [mort,
invitabat etiam præmiis. — il invitait même par des récompenses.
Quæ tamen crudelitas — Laquelle cruauté cependant
vindicata est — fut punie
aliquot annis post — quelques années après
ab hoc eodem, — par ce même *homme,*
quem tu nunc — que toi maintenant
vis esse crudelem. — tu veux être cruel.

V. Ego vero istud non postulo, inquies. Ita mehercle existimo, Tubero : novi enim te, novi patrem, novi domum no-
menque vestrum; studia denique generis ac familiæ vestræ,
virtutis, humanitatis, doctrinæ, plurimarum artium atque optimarum, nota sunt mihi omnia. Itaque certo scio vos non petere sanguinem; sed parum attenditis. Res enim eo spectat, ut
ea pœna, in qua adhuc Q. Ligarius sit, non videamini esse
contenti. Quæ est igitur alia, præter mortem? Si enim in exsilio est, sicuti est, quid amplius postulatis? An ne ignoscatur?
hoc vero multo acerbius multoque est durius. Quod nos domi
petimus, precibus et lacrimis, prostrati ad pedes, non tam
nostræ causæ fidentes quam hujus humanitati, id ne impetremus, pugnabis? et in nostrum fletum irrumpes? et nos, jacentes
ad pedes, supplicum voce prohibebis?

Si, quum hoc domi faceremus, quod et fecimus, et, ut spero,

V. Mais, direz-vous, je ne demande pas la mort de Ligarius. Je
le crois, Tubéron. Je vous connais; je connais votre père, votre famille : je sais que, de tout temps, l'amour de la vertu et de l'humanité, le goût des lettres et des arts furent des sentiments héréditaires
dans votre maison. Je suis donc convaincu que vous ne demandez
pas le sang ; mais votre conduite est peu réfléchie. Vous faites voir
que la peine qu'endure Ligarius ne vous suffit pas. En est-il donc
une autre que la mort? Il est exilé : que vous faut-il de plus?
Qu'on ne lui pardonne jamais? Ah! cette demande est encore plus
cruelle et plus barbare. Une grâce que nous réclamons dans le
palais de César, que nous sollicitons par nos prières et nos larmes,
prosternés à ses pieds, comptant plus sur son humanité que sur la
bonté de notre cause, vous ferez vos efforts pour qu'elle nous soit
refusée! vous étoufferez nos sanglots, et, lorsque nous embrassons
ses genoux, vous nous empêcherez d'élever une voix suppliante !

Si, au moment où nous implorions César dans son palais, et j'ose

V. Ego vero, inquies,
non postulo istud.
Mehercule, Tubero,
existimo ita :
novi enim te,
novi patrem,
novi domum
vestrumque nomen ;
denique studia
generis ac vestræ familiæ,
virtutis, humanitatis,
doctrinæ, artium
plurimarum
atque optimarum
sunt omnia nota mihi.
Itaque scio certo
vos non petere sanguinem;
sed attenditis parum.
Res enim spectat eo,
ut non videamini
esse contenti
ea pœna in qua
Q. Ligarius sit adhuc.
Quæ igitur alia est
præter mortem ?
Si enim est in exsilio,
sicuti est,
quid amplius postulatis ?
An ne ignoscatur ?
hoc vero est multo acerbius
multoque durius.
Quod nos petimus
domi
precibus et lacrimis,
prostrati ad pedes,
non fidentes nostræ causæ
tam quam humanitati
hujus,
pugnabis
ne impetremus id ?.
et irrumpes
in nostrum fletum ?
et prohibebis
voce supplicum
nos jacentes ad pedes ?
Si, quum faceremus
domi

V. Mais moi, diras-tu,
je ne demande pas cela.
Par-Hercule, Tubéron,
je pense ainsi :
car je connais toi,
je connais *ton* père,
je connais *votre* maison
et votre nom ;
enfin les goûts
de *votre* race et de votre famille,
goûts de vertu, d'humanité,
de science, d'arts
très-nombreux
et très-nobles
sont tous connus à moi.
Aussi je sais certainement
vous ne pas demander du sang ;
mais vous réfléchissez peu.
La chose en effet tend là,
que vous ne sembliez pas
être contents
de cette peine dans (sous) laquelle
Q. Ligarius est jusqu'ici.
Quelle autre *peine* est donc
excepté la mort ?
Car s'il est en exil,
comme il *y* est,
quoi de plus demandez-vous ?
Est-ce qu'il ne soit pas pardonné *à lui?*
mais cela est beaucoup plus cruel
et beaucoup plus barbare.
Ce que nous nous demandons
dans la maison *de César*
par des prières et par des larmes,
prosternés à *ses* pieds
ne nous confiant pas dans notre cause
autant que dans l'humanité
de lui,
combattras-tu
pour que nous n'obtenions pas cela ?
et viendras-tu-te-jeter
au milieu de nos pleurs ?
et interdiras-tu
la voix des suppliants
à nous étendus aux pieds *de César?*
Si, lorsque nous faisions
dans la maison *de César*

non frustra fecimus, tu derepente irrupisses, et clamare cœ-
pisses : Cæsar, cave ignoscas ; cave te fratrum, pro fratris salute obsecrantium, misereatur : nonne omnem humanitatem
exuisses? Quanto hoc durius, quod nos domi petimus, id te in
foro oppugnare, et, in tali miseria multorum, perfugium misericordiæ tollere?

Dicam plane, C. Cæsar, quod sentio. Si in hac tanta tua fortuna lenitas tanta non esset, quantam tu per te, per te, inquam, obtines (intelligo quid loquar), acerbissimo luctu re-
dundaret ista victoria[1]. Quam multi enim essent de victoribus,
qui te crudelem esse vellent, quum etiam de victis reperiantur?
quam multi, qui, quum a te nemini ignosci vellent, impedirent
clementiam tuam, quum etiam ii, quibus ipse ignovisti, nolint
te in alios esse misericordem?

Quod si probare Cæsari possemus in Africa Ligarium om-

croire que nous ne l'avons pas fait en vain ; si, dis-je, en ce moment,
vous étiez survenu tout à coup en vous écriant : César, point de pardon, point de pitié pour des frères qui prient en faveur d'un frère;
c'eût été une action barbare : eh! combien est-il plus odieux encore
de venir devant le tribunal vous opposer à une grâce que nous sollicitons en particulier auprès de César, et de fermer à tant de malheureux l'asile de sa clémence?

César, je dirai franchement ce que je pense. Si votre haute fortune
n'était accompagnée de cette douceur de caractère qui vous est propre, oui, qui vous est propre (je m'entends quand je parle ainsi), un
deuil affreux aurait couvert votre victoire. Puisque, parmi les vaincus, il est des hommes qui veulent que vous soyez cruel, combien
s'en trouverait-il parmi les vainqueurs? et combien de ces derniers,
implacables dans leur colère, mettraient obstacle à votre clémence,
puisque ceux même à qui vous avez fait grâce exigent que vous
soyez impitoyable pour les autres?

Si nous pouvions persuader à César que Ligarius ne parut jamais

quod et fecimus ,	ce que et nous avons fait,
et fecimus non frustra,	et nous avons fait non en vain ,
ut spero,	comme j'espère,
tu irrupisses derepente,	toi tu te fusses précipité-tout-à-coup,
et cœpisses clamare :	et tu te fusses mis à crier :
C. Cæsar, cave ignoscas ;	C. César, prends-garde que tu par-
cave-te misereatur	prends garde que tu ûies-pitié [donnes ;
fratrum obsecrantium	de frères qui te conjurent
pro salute fratris :	pour-le salut d'un frère :
nonne exuisses	n'aurais-tu pas dépouillé
omnem humanitatem ?	toute humanité ?
Quanto hoc durius,	Combien ceci n'est-il pas plus cruel ,
te oppugnare in foro	toi combattre sur le forum
id quod nos petimus	ce que nous nous demandons
domi ,	dans la maison de César,
et, in tali miseria	et , dans une telle infortune
multorum ,	de nombreux citoyens,
tollere perfugium	toi enlever le refuge
misericordiæ ?	de la pitié ?
Dicam plane, C. Cæsar,	Je dirai franchement, C. César,
quod sentio.	ce que je pense.
Si in hac fortuna tanta tua	Si dans cette fortune si-grande tienne,
lenitas non esset tanta,	ta douceur n'était pas aussi-grande
quantam tu obtines per te,	que toi tu la possèdes par toi,
per te, inquam	par toi, dis-je
(intelligo quid loquar),	(je comprends ce que je dis),
ista victoria redundaret	cette victoire déborderait
luctu acerbissimo.	du deuil le plus amer.
Quam multi enim essent	Combien nombreux en effet seraient
de victoribus,	parmi les vainqueurs
qui vellent	qui voudraient
te esse crudelem,	toi être cruel ,
quum reperiantur	puisque quelques-uns sont trouvés tels
etiam de victis ?	même parmi les vaincus ?
quam multi qui,	combien nombreux qui ,
quum vellent	lorsqu'ils voudraient
ignosci a te nemini,	n'être pardonné par toi à personne ,
impedirent	enchaîneraient
tuam clementiam,	ta clémence ,
quum etiam ii	puisque même ceux
quibus ipse ignovisti,	auxquels toi-même tu as pardonné,
nolint	ne-veulent-pas
te esse misericordem	toi être miséricordieux
in alios ?	à l'égard des autres ?
Quod si possemus	Que si nous pouvions
probare Cæsari	prouver à César
Ligarium	Ligarius

nino non fuisse, si honèsto et misericordi mendacio saluti civis
calamitosi consultum esse vellemus , tamen hominis non esset,
in tanto discrimine et periculo civis , refellere et coarguere
nostrum mendacium ; et, si esset alicujus, ejus certe non esset,
qui in eadem causa et fortuna fuisset. Sed tamen aliud est er-
rare Cæsarem nolle, aliud nolle misereri. Tu diceres : Cave,
Cæsar, credas ; fuit in Africa Ligarius ; tulit arma contra te.
Nunc quid dicis? Cave ignoscas. Hæc nec hominis nec ad ho-
minem vox est : qua qui apud te, C. Cæsar, utetur, suam citius
abjiciet humanitatem quam extorquebit tuam.

VI. Ac primus aditus et postulatio Tuberonis hæc, ut opinor, fuit, velle se de Q. Ligarii scelere dicere[1]. Non dubito quin
admiratus sis, vel quod de nullo alio quisquam, vel quod is ,
qui in eadem causa fuisset, vel quidnam novi facinoris afferret.

en Afrique; si nous voulions, à l'aide d'un mensonge excusé par
l'honneur et dicté par l'humanité, sauver un citoyen malheureux, il
serait atroce, dans une telle circonstance, de réfuter et de détruire
notre mensonge ; et, si quelqu'un en avait le droit, certes ce ne serait pas celui qui, en soutenant la même cause, aurait couru le
même danger. Et cependant, vouloir que César ne soit pas trompé,
ou vouloir qu'il ne pardonne pas, seraient deux choses très-diffé-
rentes. Vous auriez dit alors : César, on vous abuse; Ligarius
était en Afrique ; il a porté les armes contre vous. Aujourd'hui, que
venez-vous dire? Gardez-vous de pardonner. Est-ce là le langage
d'un homme à un homme? César, quiconque vous parlera ainsi aura
étouffé dans son cœur la voix de l'humanité; mais il n'en pourra pas
éteindre le sentiment dans le vôtre.

VI. La déclaration de Tubéron dans son premier acte judiciaire
a été, si je ne me trompe, qu'il voulait parler du crime de Q. Ligarius. Vous avez dû voir avec surprise que nul autre encore n'eût été
l'objet d'une telle accusation, ou que l'accusateur eût été lui-même
coupable du délit qu'il dénonçait, et peut-être attendiez-vous quelque forfait d'un genre nouveau. C'est donc là, Tubéron, ce que vous

non fuisse omnino	n'avoir pas été du tout
in Africa ;	en Afrique ;
si mendacio honesto	si par un mensonge honorable
et misericordi	et humain
vellemus	nous voulions
consultum esse saluti	être (qu'il fût) pourvu au salut
civis calamitosi,	d'un citoyen malheureux,
tamen non esset hominis,	cependant il ne serait pas d'un homme,
in tanto discrimine	dans un si-grand danger
et periculo civis,	et *un si grand* péril d'un citoyen,
refellere et coarguere	de réfuter et de confondre
nostrum mendacium ;	notre mensonge ;
et, si esset alicujus,	et, si *c*'était *le devoir* de quelqu'un,
certe non esset	certes *ce* ne serait pas *le devoir*
ejus qui fuisset	de celui qui aurait été
in eadem causa	dans la même cause
et fortuna.	et *dans la même* fortune.
Sed tamen aliud est	Mais cependant autre chose est
nolle Cæsarem errare,	ne-pas-vouloir César se tromper,
aliud nolle misereri.	autre chose ne-pas-vouloir *lui* avoir-pi
Tum diceres :	Alors tu dirais : [tié.
Cæsar, cave credas ;	César, prends-garde que tu *les* croies ;
Ligarius fuit in Africa ;	Ligarius a été en Afrique ;
tulit arma contra te.	il a porté les armes contre toi.
Nunc quid dicis ?	Maintenant que dis-tu ?
Cave ignoscas.	Prends-garde que tu pardonnes.
Hæc vox est nec hominis,	Cette parole *n*'est ni d'un homme,
nec ad hominem :	ni *s'adressant* à un homme :
qua qui utetur apud te,	de laquelle celui qui usera devant toi,
C. Cæsar,	C. César,
abjiciet suam humanitatem	déposera son humanité
citius	plus vite
quam extorquebit tuam.	qu'il *ne t*'arrachera la tienne.
VI. Ac primus aditus	VI. Et le premier début
et postulatio Tuberonis	et *la première* demande de Tubéron
fuit hæc, ut opinor,	a été celle-ci, comme je pense,
se velle dicere	lui vouloir parler
de scelere.Q. Ligarii.	du crime de Q. Ligarius.
Non dubito	Je ne doute pas
quin admiratus sis	que tu n'aies été étonné
vel quod quisquam	soit parce que personne
de nullo alio,	*n'a ainsi parlé* d'aucun autre,
vel quod is,	soit parce que *l'accusateur était* celui,
qui fuisset in eadem causa,	qui avait été dans la même cause,
vel quidnam novi facinoris	soit *en voyant* quoi de (quel) nouveau cri-
afferret.	il apportait (produisait devant toi). [me
Tu, Tubero,	Toi, Tubéron,

Scelus tu illud vocas, Tubero[1]? cur? isto enim nomine illa
adhuc causa caruit. Alii errorem appellant, alii timorem; qui
durius, spem, cupiditatem, odium, pertinaciam; qui gravissime, temeritatem : scelus, præter te, adhuc nemo. Ac mihi quidem, si proprium et verum nomen nostri mali quæratur, fatalis
quædam calamitas incidisse videtur et improvidas hominum
mentes occupavisse, ut nemo mirari debeat humana consilia
divina necessitate esse superata. Liceat esse miseros, quanquam,
hoc victore, esse non possumus. Sed non loquor de nobis; de
illis loquor qui occiderunt. Fuerint cupidi, fuerint irati, fuerint pertinaces : sceleris vero crimine, furoris, parricidii, liceat
Cn. Pompeio mortuo, liceat multis aliis carere. Quando hoc
quisquam ex te, Cæsar, audivit? aut tua quid aliud arma voluerunt, nisi a te contumeliam propulsare? Quid egit tuus ille

nommez crime? Et pourquoi? cette cause jusqu'à présent n'a jamais
été ainsi qualifiée. Les uns l'appellent erreur; les autres, crainte;
d'autres, moins indulgents, la nomment ambition, cupidité, haine,
entêtement; les plus sévères disent que c'est une folie : vous seul
l'appelez crime. Je dirai, si l'on cherche le mot propre, le vrai nom
qui convient à nos calamités, je dirai qu'une fatale influence ré-
pandue sur la république a porté le trouble et le délire dans toutes
les âmes, et qu'on ne doit pas s'étonner que les conseils humains
aient cédé à la volonté toute-puissante des dieux. Ah! ne soyons que
malheureux, si nous pouvons l'être sous un tel vainqueur. Mais je
ne parle pas de nous; je parle de ceux qui ont péri. Qu'ils aient été
ambitieux, emportés, opiniâtres : épargnons du moins aux mânes de
Pompée, épargnons à tant d'autres les noms de scélérats, de furieux,
de parricides. Ces mots injurieux, César, votre bouche les a-t-elle
jamais prononcés? Quel dessein aviez-vous, en prenant les armes,
que de repousser un outrage? Qu'a fait votre invincible armée, que

vocas illud scelus ? cur? .tu appelles cela un crime? pourquoi ?
adhuc enim illa causa car jusqu'ici cette cause
caruit isto nomine. a été-exempte de ce nom.
Alii appellant errorem, Les uns l'appellent erreur,
alii timorem; les autres crainte;
qui durius, ceux qui l'appellent plus sévèrement,
spem, cupiditatem, l'appellent espérance, cupidité,
odium, pertinaciam ; haine, opiniâtreté : [ment,
qui gravissime, ceux qui l'appellent le plus rigoureuse-
temeritatem : l'appellent témérité :
nemo adhuc, præter te, personne encore, excepté toi,
scelus. ne l'a appelée crime.
Ac mihi quidem, Et à moi certes,
si nomen proprium si le nom propre
et verum. et vrai
nostri mali de notre malheur
quæratur, m'était demandé,
quædam calamitas fatalis une certaine calamité fatale
videtur incidisse, semble être arrivée,
et occupasse et s'être emparée
mentes improvidas des esprits imprévoyants
hominum , des hommes ,
ut nemo debeat mirari de sorte que personne ne doit s'étonner
consilia humana les conseils humains
superata esse avoir été vaincus
necessitate divina. par une nécessité divine.
Liceat esse miseros, [esse, Qu'il soit-permis nous être malheureux,
quanquam non possumus quoique nous ne puissions l'être,
hoc victore. celui-ci (César) étant vainqueur.
Sed non loquor de nobis ; Mais je ne parle pas de nous ;
loquor de illis je parle de ceux-là
qui occiderunt. qui ont péri.
Fuerint cupidi, Qu'ils aient été ambitieux,
fuerint irati, qu'ils aient été emportés,
fuerint pertinaces : qu'ils aient été opiniâtres :
liceat vero mais qu'il soit permis
Cn. Pompeio mortuo, à Cn. Pompée mort,
liceat multis aliis qu'il soit permis à beaucoup d'autres
carere crimine sceleris, d'être-exempts de l'accusation de crime,
furoris, parricidii. de fureur, de parricide.
Quando, Cæsar, Quand, César,
quisquam audivit hoc ex te? quelqu'un a-t-il entendu cela de toi ?
aut quid aliud ou quoi d'autre
tua arma voluerunt, tes armes ont-elles voulu,
nisi propulsare a te sinon repousser de toi
contumeliam ? un outrage?
Quid egit Qu'a fait

invictus exercitus, nisi ut suum jus tueretur et dignitatem
tuam? Quid? tu, quum pacem esse cupiebas, idne agebas ut
tibi cum sceleratis, an ut cum bonis civibus conveniret?

Mihi vero, Cæsar, tua in me maxima merita tanta certe non
viderentur, si me ut sceleratum a te conservatum putarem.
Quomodo autem tu de republica bene meritus esses, si tot sce-
leratos incolumi dignitate esse voluisses? Secessionem tu illam
existimavisti[1], Cæsar, initio, non bellum; non hostile odium,
sed civile dissidium, utrisque cupientibus rempublicam sal-
vam, sed partim consiliis, partim studiis a communi utilitate
aberrantibus. Principum dignitas erat pæne par; non par fortasse eorum qui sequebantur[2]: causa tum dubia, quod erat
aliquid in utraque parte quod probari posset; nunc melior certe
ea judicanda est, quam etiam dii adjuverunt. Cognita vero cle-

de maintenir ses droits et votre dignité? Eh quoi! lorsque vous désiriez la paix, cherchiez-vous à vous accorder avec des scélérats, ou
avec des citoyens vertueux?

Pour moi, César, les bienfaits dont vous m'avez comblé n'auraient
plus de prix à mes yeux, si je pensais que vous m'eussiez fait grâce
comme à un criminel; et vous-même, quel service auriez-vous
rendu à la patrie en conservant dans leurs dignités un si grand
nombre de coupables? Nos troubles, dans les commencements, vous
ont paru une scission, et non une guerre; une divergence d'opinions,
et non une lutte sanglante entre des haines hostiles : des deux côtés
on voulait le bien de l'État; mais l'esprit de parti, l'intérêt le fai-
saient perdre de vue. Le mérite des chefs était à peu près égal : il
n'en était peut-être pas de même de tous ceux qui les suivaient. On
pouvait alors confondre la bonne cause avec la mauvaise; chaque
parti alléguait en sa faveur des motifs plausibles : aujourd'hui les
dieux ont prononcé. Et, quand votre clémence s'est si bien fait con-

ille exercitus tuus invictus,	cette armée tienne invincible,
nisi ut tueretur suum jus	sinon qu'elle défendît son droit
et tuam dignitatem ?	et ta dignité ?
Quid ? tu ,	Quoi ? toi,
quum cupiebas pacem esse,	lorsque tu désirais la paix être,
agebasne id,	poursuivais-tu ceci,
ut conveniret tibi	qu'il y-eût-accord à toi
cum sceleratis ,	avec des scélérats,
an ut	ou qu'*il y eût accord à toi*
cum bonis civibus ?	avec de bons citoyens ?
Tua vero merita, Cæsar,	D'ailleurs tes bienfaits, César,
maxima in me	très-grands envers moi
non viderentur certe mihi	ne sembleraient pas certainement à moi
tanta,	si-grands,
si putarem	si je pensais
me conservatum a te	moi *avoir été* sauvé par toi,
ut sceleratum.	comme un criminel.
Quomodo autem tu	Or comment toi
meritus esses bene	aurais-tu mérité bien
de republica,	de la république,
si voluisses tot sceleratos	si tu avais voulu tant de criminels
esse dignitate incolumi?	être avec *leur* dignité intacte ?
Tu, Cæsar, initio	Toi, César, dès le principe
existimavisti	tu as pensé
illam secessionem ,	cela *être* une scission ,
non bellum ;	non une guerre ;
non odium hostile,	non une haine d'-ennemis,
sed dissidium civile ,	mais une dissension civile ,
utrisque cupientibus	les-uns-et-les-autres désirant
rempublicam salvam,	la république *être* sauvée,
sed aberrantibus	mais s'écartant
ab utilitate communi	de l'intérêt commun
partim consiliis,	en-partie par les conseils,
partim studiis.	en-partie par les inclinations.
Dignitas principum	La dignité des chefs
erat pæne par;	était presque égale ;
eorum qui sequebantur	*celle* de ceux qui *les* suivaient
fortasse non par :	peut-être n'*était* pas égale :
tum causa dubia,	alors la cause *était* douteuse,
quod in utraque parte	parce que dans l'un-et-l'autre parti
aliquid erat	quelque chose était
quod posset probari ;	qui pouvait être approuvé;
nunc ea certe	maintenant cette *cause* certes
judicanda est melior,	doit être jugée meilleure,
quam dii etiam	laquelle les dieux même
adjuverunt.	ont protégée.
Tua vero clementia	D'ailleurs ta clémence

mentia tua, quis non eam victoriam probet, in qua occiderit nemo nisi armatus?

VII. Sed, ut omittamus communem causam, veniamus ad nostram, utrum tandem existimas facilius fuisse, Tubero, Ligario ex Africa exire, an vobis in Africam non venire? Poteramusne, inquis, quum senatus censuisset? Si me consulis, nullo modo. Sed tamen Ligarium senatus idem legaverat. Atque ille eo tempore paruit, quum parere senatui necesse erat; vos tum paruistis, quum paruit nemo, qui noluit. Reprehendo igitur? Minime vero. Neque enim licuit aliter vestro generi, nomini, familiæ, disciplinæ. Sed hoc non concedo, ut, quibus rebus gloriemini in vobis, easdem in aliis reprehendatis.

Tuberonis sors conjecta est ex senatusconsulto, quum ipse non adesset, morbo etiam impediretur; statuerat excusare. Hæc ego novi propter omnes necessitudines quæ mihi sunt cum L. Tuberone. Domi una eruditi, militiæ contubernales, post affines, in omni denique vita familiares: magnum etiam vinculum,

---

naître, qui peut ne pas applaudir à une victoire où personne n'a péri que dans le combat?

VII. Mais laissons la cause commune : occupons-nous de la nôtre. Croyez-vous, Tubéron, qu'il ait été plus facile à Ligarius de sortir de l'Afrique, qu'à vous de n'y point venir? Vous me répondrez qu'il fallait exécuter les ordres du sénat. Je pense comme vous. Mais cependant Ligarius avait été délégué par ce même sénat. Il avait obéi dans un temps où l'obéissance était un devoir indispensable; et, lorsque vous l'avez fait, personne n'était contraint d'obéir. Vous en ferai-je un reproche? Non : votre naissance, votre nom, votre famille, vos principes, ne vous permettaient pas d'agir autrement. Mais je ne puis accorder que, ce que vous vous glorifiez d'avoir fait, vous le condamniez comme un crime dans les autres.

Les provinces furent tirées au sort par l'ordre du sénat. L'Afrique échut à Tubéron : il était absent, et même retenu par une maladie. Il avait résolu de ne pas accepter. Mes liaisons avec L. Tubéron m'ont mis à portée de savoir tous ces détails. Élevés ensemble, camarades à l'armée, ensuite unis par des alliances, amis de tous les

cognita,
quis non probet
eam victoriam,
in qua nemo occiderit,
nisi armatus ?

VII. Sed, ut omittamus
causam communem,
veniamus ad nostram,
utrum tandem, Tubero,
existimas fuisse facilius
Ligario exire ex Africa,
an vobis
non venire in Africam ?
Poteramusne, inquies,
quum senatus censuisset ?
Si consulis me,
nullo modo.
Sed tamen idem senatus
legaverat Ligarium.
Atque ille paruit
eo tempore,
quum erat necesse
parere senatui ;
vos paruistis tum,
quum nemo paruit,
qui noluit.
Reprehendo igitur ?
Minime vero.
Neque enim licuit aliter
vestro generi, nomini,
familiæ, disciplinæ.
Sed non concedo hoc,
ut reprehendatis in aliis
easdem, quibus rebus
gloriemini in vobis.
Sors Tuberonis
conjecta est
ex senatusconsulto ;
quum ipse non adesset,
etiam impediretur morbo :
statuerat excusare.
Ego novi hæc
propter omnes necessitudi-
quæ sunt mihi   [nes
cum L. Tuberone.
Eruditi una domi,
contubernales militiæ,

étant connue,
qui n'approuverait
cette victoire
dans laquelle personne n'a péri,
sinon armé ?

VII. Mais, pour que nous mettions-de-
la cause commune,   [côté
et venions à la nôtre,
lequel-des-deux enfin, Tubéron,
penses-tu avoir été plus facile
ou à Ligarius de sortir de l'Afrique,
ou à vous
de ne pas venir en Afrique ?
Le pouvions-nous, diras-tu,
lorsque le sénat *l*'avait ordonné ?
Si tu consultes moi,
vous ne le pouviez d'aucune manière.
Mais cependant le même sénat
avait envoyé *en Afrique* Ligarius.
Et lui a obéi
dans ce temps,
lorsqu'il était nécessaire
d'obéir au sénat ;
vous vous avez obéi alors,
lorsque personne n'a obéi,
qui n'a pas voulu *obéir.*
Vous blâmé-je donc ?
Mais point-du-tout.   [autrement
Et en effet il n'a pas été permis *de faire*
à votre naissance, à *votre* nom,
à *votre* famille, à *vos* principes.
Mais je n'accorde pas *à vous* ceci,
que vous blâmiez au-sujet-d'autres
les mêmes *choses,* desquelles choses
vous vous glorifiez au-sujet-de-vous.
Le sort de Tubéron
fut jeté *dans l'urne*
d'après un sénatusconsulte,
lorsque lui-même n'était-pas-présent,
que même il était empêché par une ma-
il avait résolu de s'excuser.   [ladie :
Moi je connais ces choses
à cause de toutes les liaisons
qui sont à moi
avec L. Tubéron.   [maison,
Nous avons été instruits ensemble à la
compagnons-de-tente à la guerre,

quod iisdem studiis semper usi sumus. Scio igitur Tuberonem domi manere voluisse. Sed ita quidam agebant, ita reipublicæ sanctissimum nomen opponebant, ut, etiamsi aliter sentiret, verborum tamen ipsorum pondus sustinere non posset.

Cessit auctoritati amplissimi viri, vel potius paruit. Una est profectus cum iis, quorum erat una causa. Tardius iter fecit. Itaque in Africam venit jam occupatam. Hinc in Ligarium crimen oritur, vel ira potius. Nam, si crimen est ullum voluisse, non minus magnum est vos Africam, omnium provinciarum arcem, natam ad bellum contra hanc urbem gerendum [1], obtinere voluisse, quam aliquem se maluisse. Atque is tamen aliquis Ligarius non fuit. Varus imperium se habere dicebat; fasces certe habebat. Sed, quoquo modo sese illud habet, hæc querela vestra, Tubero, quid valet? Recepti in provinciam non sumus.

temps, la conformité des sentiments a resserré encore tous ces liens. Je sais donc que la première idée de Tubéron fut de ne point quitter Rome. Mais on l'obsédait: on lui opposait le nom sacré de la république ; et, sa manière de penser eût-elle été différente, il n'aurait pu résister à des sollicitations aussi imposantes.

Il céda, ou plutôt il obéit à l'autorité d'un très-grand personnage. Il partit avec ceux qui suivaient la même cause. Un peu lent dans sa marche, il trouva l'Afrique au pouvoir d'un autre. De là cette accusation, disons mieux, cette animosité de Tubéron. Mais, si l'intention de commander dans ce pays fut un crime, vous qui vouliez avoir sous vos ordres l'Afrique, la plus forte de nos provinces, et qui semble destinée par la nature à faire la guerre au peuple romain, vous n'étiez pas moins coupable qu'un autre ne l'était en voulant s'y maintenir préférablement à vous; et cet autre cependant n'était pas Ligarius. Varus disait que le commandement lui appartenait ; du moins il avait les faisceaux. Après tout, à quoi se réduit votre plainte? Nous n'avons pas été reçus en Afrique. Eh! si vous

post affines,	puis alliés,
denique familiares	enfin amis-intimes
in omni vita :	dans toute *notre* vie :
magnum vinculum etiam,	un grand lien *a été* aussi *à nous*,
quod usi sumus semper	que nous avons usé toujours
iisdem studiis.	des mêmes affections (du même parti).
Scio igitur Tuberonem	Je sais donc Tubéron
voluisse manere domi.	avoir voulu rester à la maison (chez lui).
Sed quidam agebant ita,	Mais quelques-uns plaidaient tellement,
opponebant	*lui* alléguaient
nomen sanctissimum	le nom très-saint
reipublicæ	de la république
ita ut,	tellement que,
etiamsi sentiret aliter,	même s'il pensait autrement,
tamen non posset	cependant il ne pût
sustinere pondus	soutenir le poids
verborum ipsorum.	de *ces* paroles mêmes.
Cessit, vel potius paruit	Il céda, ou plutôt il obéit
auctoritati viri amplissimi.	à l'autorité d'un homme très-considérable.
Profectus est una cum iis	Il partit ensemble avec ceux
quorum causa erat una.	dont la cause était la même.
Fecit iter tardius.	Il fit la route plus lentement.
Itaque venit in Africam	C'est-pourquoi il vint dans l'Afrique
jam occupatam.	déjà occupée.
Hinc oritur crimen,	De là naît *son* accusation,
vel potius ira in Ligarium.	ou plutôt *sa* colère contre Ligarius.
Nam, si est ullum crimen	Car, si c'est quelque crime
voluisse,	de *l'*avoir voulu,
non est minus magnum	*ce* n'est pas un moins grand *crime*
vos voluisse	vous avoir voulu
obtinere Africam, arcem	occuper l'Afrique, citadelle
omnium provinciarum,	de toutes *nos* provinces,
natam ad gerendum bellum	née (destinée) pour faire la guerre
contra hanc urbem,	contre cette ville,
quam aliquem	que quelqu'un
maluisse se.	avoir mieux-aimé lui-même *l'occuper*.
Atque tamen is aliquis	Et cependant ce quelqu'un
non fuit Ligarius.	ne fut pas Ligarius.
Varus dicebat	Varus disait
se habere imperium ;	lui avoir le commandement ;
certe habebat fasces.	du moins il avait les faisceaux.
Sed, quoquo modo	Mais, de quelque manière que
illud se habet,	cela se comporte,
quid valet, Tubero,	que vaut, Tubéron,
hæc querela vestra ?	cette plainte vôtre ?
Non recepti sumus	Nous n'avons pas été reçus
in provinciam.	dans la province.

2.

Quid, si essetis? Cæsarine eam tradituri fuissetis, an contra Cæsarem retenturi?

VIII. Vide quid licentiæ, Cæsar, nobis tua liberalitas det, vel potius audaciæ. Si responderit Tubero Africam, quo senatus eum sorsque miserat, tibi patrem suum traditurum fuisse, non dubitabo apud ipsum te, cujus id eum facere interfuit, gravissimis verbis ejus consilium reprehendere. Non enim, si tibi ea res grata fuisset, esset etiam probata. Sed jam hoc totum omitto, non tam ut ne offendam tuas patientissimas aures, quam ne Tubero, quod nunquam cogitavit, facturus fuisse videatur. Veniebatis igitur in Africam provinciam, unam ex omnibus huic victoriæ maxime infestam, in qua erat rex potentissimus, inimicus huic causæ ¹, aliena voluntas, conventus firmi atque magni. Quæro, quid facturi fuistis? Quanquam, quid facturi fueritis, non dubitem, quum videam quid feceritis.

Prohibiti estis in provincia vestra pedem ponere, et prohibiti,

---

aviez été reçus, auriez-vous livré l'Afrique à César, ou l'auriez-vous défendue contre lui?

VIII. Remarquez, César, combien votre générosité m'inspire de hardiesse et même d'audace! S'il répond que son père vous aurait livré la province que le sénat et le sort lui avaient confiée, je n'hésiterai pas, en votre présence même, à condamner, dans les termes les plus sévères, un projet dont l'exécution aurait servi vos intérêts. En profitant de la trahison, vous auriez méprisé le traître. Je n'insiste pas davantage; non que je craigne d'offenser vos oreilles toujours indulgentes, mais je ne veux pas qu'on prête à Tubéron une intention qu'il n'a jamais eue. Vous veniez donc en Afrique, de toutes les provinces la plus acharnée contre le parti qui est vainqueur; où régnait un monarque puissant, ennemi de cette cause, où les esprits étaient aliénés, où les citoyens romains étaient redoutables par leur force et leur nombre. Qu'y veniez-vous faire? Eh! pourquoi le demander, quand je vois ce que vous avez fait?

On vous a empêchés de mettre le pied dans votre province, et l'on

Quid, si essetis?
traditurine fuissetis eam
Cæsari,
an retenturi
contra Cæsárem?

VIII. Vide, Cæsar,
quid licentiæ,
vel potius audaciæ,
tua liberalitas det nobis.
Si Tubero responderit
suum patrem
traditurum fuisse tibi
Africam, quo senatus
sorsque miserat eum,
non dubitabo reprehendere
verbis gravissimis
consilium ejus
apud te ipsum,
cujus interfuit
eum facere id.   [tibi,
Si enim ea res fuisset grata
non probata esset etiam.
Sed jam
omitto hoc totum,
non tam ut ne offendam
tuas aures patientissimas,
quam ne Tubero videatur
facturus fuisse
quod nunquam cogitavit.
Veniebatis igitur
in provinciam Africam,
unam ex omnibus
maxime infestam
huic victoriæ,
in qua erat
rex potentissimus,
inimicus huic causæ,
voluntas aliena,
conventus
firmi atque magni.
Quæro,
quid fuistis facturi?
Quanquam non dubitem
quid facturi fueritis,
quum videam quid feceritis.
Prohibiti estis
ponere pedem

Qu'*eussiez-vous fait*, si vous *y* aviez été *re-*
auriez-vous livré elle   [çus?
à César,
ou *l'*auriez-vous gardée
contre César?

VIII. Vois, César,
quoi (quel degré) de liberté,
ou plutôt de hardiesse
ta générosité donne à nous.
Si Tubéron répond
son père
avoir dû livrer à toi
l'Afrique, où le sénat
et le sort avait envoyé lui,
je n'hésiterai pas à blâmer
dans les termes les plus sévères
le dessein de lui
devant toi-même,
à qui il importa
lui faire cela.
Car si cette chose eût été agréable à toi,
elle n'aurait pas été approuvée encore
Mais maintenant   [par toi.
je mets-de-côté cela tout-entier,
non pas tant pour que je n'offense pas
tes oreilles très-patientes,
que pour que Tubéron ne semble pas
avoir dû faire
ce que jamais il n'a pensé *à faire*.
Vous veniez donc
dans la province *d'*Afrique,
seule de toutes
la plus opposée
à cette victoire,
dans laquelle *province* était
un roi très-puissant,
ennemi à (de) cette cause,
une volonté opposée,
des rassemblements
forts et grands.
Je *vous le* demande,
qu'avez-vous été devant faire?
Quoique je ne doute pas
de ce que vous auriez fait,
lorsque je vois ce que vous avez fait.
Vous avez été empêchés
de poser le pied

ut perhibetis, summa cum injuria. Quomodo id tulistis? acceptæ injuriæ querelam ad quem detulistis? Nempe ad eum, cujus auctoritatem secuti, in societatem belli veneratis. Quod si Cæsaris causa in provinciam veniebatis, ad eum profecto exclusi provincia venissetis. Venistis ad Pompeium. Quæ est ergo hæc apud Cæsarem querela, quum eum accusatis, a quo queramini vos prohibitos contra Cæsarem bellum gerere? Atque in hoc quidem vel cum mendacio, si vultis, gloriemini per me licet, vos provinciam fuisse Cæsari tradituros, nisi a Varo et a quibusdam aliis prohibiti essetis. Ego autem confitebor culpam esse Ligarii, qui vos tantæ laudis occasione privaverit.

IX. Sed vide, quæso, C. Cæsar, constantiam ornatissimi viri, L. Tuberonis; quam ego, quamvis ipse probarem, ut probo, tamen non commemorarem, nisi a te cognovissem im-

vous en a empêchés, comme vous le dites, de la manière la plus outrageante. Comment avez-vous supporté cette injure? à qui avez-vous porté votre plainte? A celui dont vous suiviez les drapeaux. Si vous étiez venus dans la province pour servir César, c'était auprès de lui que vous deviez vous retirer. Vous êtes allés joindre Pompée. Comment donc osez-vous accuser devant César celui qui vous a empêchés de faire la guerre à César? Vantez-vous ici, et même aux dépens de la vérité, que, sans l'opposition de Varus et de quelques autres, vous auriez livré la province à César; moi, je confesserai le tort de Ligarius, qui vous a ravi l'occasion d'une si belle gloire.

IX. Voyez, César, quelle est la constance de L. Tubéron, de cet homme orné de tant de brillantes qualités. La constance est de toutes les vertus celle que je révère davantage; cependant je n'en parlerais

in vestra provincia,	dans votre province,
et prohibiti, ut perhibetis,	et empêchés, comme vous le dites,
cum summa injuria.	avec la plus grande injure.
Quomodo tulistis id ?	Comment avez-vous supporté cela ?
ad quem	a qui
detulistis querelam	avez-vous porté la plainte
injuriæ acceptæ ?	de l'injure reçue ?
Nempe ad eum,	Savoir à celui,
cujus secuti auctoritatem,	de qui ayant suivi l'autorité,
veneratis	vous étiez venus
in societatem belli.	en société de guerre.
Quod si veniebatis	Que si vous veniez
in provincia	dans la province
causa Cæsaris,	dans l'intérêt de César,
exclusi provincia,	repoussés de cette province,
profecto venissetis ad eum.	assurément vous seriez venus vers lui.
Venistis ad Pompeium.	Vous êtes venus vers Pompée.
Quæ est ergo	Quelle est donc
hæc querela apud Cæsarem,	cette plainte devant César,
quum accusatis eum	lorsque vous accusez celui
a quo queramini	par lequel vous vous plaignez
vos prohibitos	vous avoir été empêchés
gerere bellum	de faire la guerre
contra Cæsarem ?	contre César ?
Atque in hoc quidem	Et en cela certes [glorifiiez,
licet per me gloriemini,	il vous est permis par moi que vous vous
si vultis,	si vous voulez,
vel cum mendacio,	même avec un mensonge,
vos tradituros fuisse	vous avoir dû livrer
provinciam Cæsari,	la province à César,
nisi prohibiti essetis	si vous n'en aviez été empêchés
a Varo	par Varus
et a quibusdam aliis.	et par quelques autres.
Ego autem confitebor	Et même moi j'avouerai
culpam esse Ligarii,	la faute être de (à) Ligarius,
qui privaverit vos	qui a privé vous
occasione tantæ laudis.	de l'occasion d'une si-grande gloire.
IX. Sed vide,	IX. Mais vois,
quæso, C. Cæsar,	je te prie, C. César,
constantiam L. Tuberonis,	la constance de L. Tubéron,
viri ornatissimi;	homme très-distingué ;
quam ego tamen	laquelle cependant moi
non commemorarem,	je ne rappellerais pas,
quamvis ipse probarem,	quoique moi-même je l'approuvasse,
ut probo,	comme je l'approuve,
nisi cognovissem	si je n'avais su
eam virtutem imprimis	cette vertu principalement

primis eam virtutem solere laudari. Quæ fuit igitur unquam
in ullo homine tanta constantia? constantiam dico? nescio an
melius patientïam possim dicere. Quotus enim istud quisque
fecisset, ut, a quibus partibus iu dissensione civili non esset
receptus, essetque etiam cum crudelitate rejectus, ad eas
ipsas rediret? Magni cujusdam animi atque ejus viri est,
quem de suscepta causa propositaque sententia nulla contu-
melia, nulla vis, nullum periculum possit depellere.

Ut enim cetera paria Tuberoni cum Varo fuissent, honos,
nobilitas, splendor, ingenium (quæ nequaquam fuerunt), hoc
certe præcipuum Tuberonis fuit, quod justo cum imperio ex
senatusconsulto in provinciam suam venerat. Hinc prohibitus,
non ad Cæsarem, ne iratus; non domum, ne iners; non ali-
quam in regionem, ne condemnare causam illam, quam se-
cutus esset, videretur; in Macedoniam ad Cn. Pompeii castra

pas, si je ne savais que vous la placez vous-même au-dessus de
toutes les autres. Or, vit-on jamais dans aucun homme une constance, il faut dire une patience aussi admirable? Il en est bien peu
qui, dans les dissensions civiles, fussent capables d'aller rejoindre
ceux qui les auraient froidement accueillis, et même rejetés avec
cruauté. Un tel effort annonce un grand cœur; il caractérise un
homme que nul outrage, nulle violence, nul danger, ne peuvent dé-
tacher de la cause qu'il a une fois adoptée.

En effet, supposons, ce qui n'est pas, que tout fût égal entre
Tubéron et Varus, le mérite, la noblesse, le rang, les talents : le
premier avait du moins cet avantage, qu'il venait dans sa province,
par l'ordre du sénat, revêtu d'un pouvoir légal. Repoussé de là, il
s'est retiré, non auprès de César, il craignait de paraître agir par
ressentiment; non à Rome, on aurait pu l'accuser d'une lâche inac-
tion; non dans quelque autre province, il eût semblé condamner la

solere laudari a te.	avoir-coutume d'être louée par toi.
Quæ igitur constantia	Quelle constance donc
fuit unquam tanta	fut jamais si-grande
in ullo homine?	dans aucun homme?
dico constantiam?	je dis constance?
nescio an possim	je ne sais pas si je *ne* pourrais
dicere melius patientiam.	dire mieux patience.
Quotus enim quisque	Car combien
fecisset istud,	auraient fait cela,
ut rediret ad eas ipsas,	qu'ils revinssent à ce *parti* même,
a quibus partibus	par lequel parti
non receptus esset	ils n'auraient pas été reçus
in dissensione civili,	dans une dissension civile,
etiamque	et *par lequel* même
rejectus esset	ils auraient été rejetés
cum crudelitate?	avec cruauté?
Est cujusdam animi magni,	*Cela* est d'une certaine âme grande,
atque viri ejus,	et d'un homme tel,
quem nulla contumelia,	que nul affront,
nulla vis,	nulle violence,
nullum periculum	nul péril
possit depellere	*ne* pourrait détourner
de causa suscepta	d'une cause embrassée
sententiaque proposita.	et d'un sentiment arrêté.
Ut enim cetera	Car *supposé* que toutes les autres choses
fuissent paria	eussent été égales
Tuberoni cum Varo,	à Tubéron avec Varus,
honos, nobilitas,	honneur, noblesse,
splendor, ingenium	splendeur, esprit
(quæ fuerunt nequaquam),	(*choses qui n'*ont été nullement *égales*),
hoc certe fuit præcipuum	cela du moins a été particulier
Tuberonis,	à Tubéron,
quod venerat	qu'il était venu
in suam provinciam	dans sa province
cum imperio justo	avec un commandement légitime
ex senatusconsulto.	d'après un sénatusconsulte.
Prohibitus hinc,	Écarté de là,
non venit ad Cæsarem,	il ne vint point vers César,
ne videretur iratus;	de peur qu'il ne parût irrité;
non domum,	*il* ne *vint* point à la maison (chez lui),
ne iners;	de peur qu'*il ne parût* lâche;
non in aliquam regionem,	*il* ne *vint* point dans quelque *autre* pays,
ne condemnare	de peur qu'*il ne parût* condamner
illam causam,	cette cause,
quam secutus esset;	qu'il avait suivie;
in Macedoniam,	*il vint* en Macédoine,
ad castra Cn. Pompeii,	au camp de Cn. Pompée,

venit, in eam ipsam causam, a qua erat rejectus cum injuria.

Quid? quum ista res nihil commovisset ejus animum ad quem veneratis, languidiore, credo, studio in causa fuistis. Tantummodo in præsidiis eratis, animi vero a causa abhorrebant. An, ut fit in civilibus bellis, nec in vobis magis quam in reliquis, omnes vincendi studio tenebamur? Pacis equidem semper auctor fui; sed tum sero. Erat enim amentis, quum aciem videres, pacem cogitare. Omnes, inquam, vincere volebamus; tu certe præcipue, qui in eum locum venisses, ubi tibi esset pereundum., nisi vicisses : quanquam, ut nunc se res habet, non dubito quin hanc salutem anteponas illi victoriæ.

X. Hæc ego non dicerem, Tubero, si aut vos constantiæ vestræ, aut Cæsarem beneficii sui pœniteret. Nunc quæro utrum vestras injurias an reipublicæ persequamini. Si reipublicæ, quid de vestra in ea causa perseverantia respondebitis?

cause qu'il avait embrassée; mais en Macédoine, au camp de Pompée, dans ce même parti qui l'avait ignominieusement rejeté.

Le peu d'intérêt que prit à votre injure celui que vous étiez venus rejoindre aura peut-être refroidi votre zèle. Vous étiez dans le camp, mais vos cœurs en étaient loin. Ah! plutôt, comme il arrive dans les guerres civiles, tous les autres, et moi-même autant que vous, ne brûlions-nous pas du désir de vaincre? Il est vrai que j'avais toujours conseillé la paix; mais ce n'était plus le moment. Il y aurait eu de la folie à songer à la paix, lorsque les armées étaient sur le champ de bataille. Tous, je le répète, nous voulions vaincre, et vous surtout qui, en joignant l'armée, vous étiez mis dans la nécessité de vaincre ou de mourir. Au reste, dans l'état où sont les choses, je ne doute pas que vous ne préfériez la vie que vous tenez de César à la victoire que vous désiriez.

X. Je ne parlerais pas ainsi, Tubéron, si vous aviez à vous repentir de votre constance, ou César à regretter son bienfait. Mais enfin, quelle injure poursuivez-vous ici? est-ce la vôtre, ou celle de la république? Si c'est l'injure de la république, commencez par

in eam causam ipsam,
a qua rejectus erat
cum injuria.

dans ce parti même,
par lequel il avait été rejeté
avec injure.

Quid? quum ista res
commovisset nihil
animum ejus viri
ad quem veneratis,
fuistis in causa, credo,
studio languidiore.
Eratis tantummodo
in præsidiis,
animi vero
abhorrebant a causa.
An, ut fit
in bellis civilibus,
nec magis in vobis,
quam in reliquis,
omnes tenebamur
studio vincendi?
Equidem fui semper
auctor pacis;
sed tum sero.
Erat enim amentis,
quum videres aciem,
cogitare pacem.
Omnes, inquam,
volebamus vincere:
tu certe præcipue,
qui venisses in eum locum,
ubi tibi pereundum esset,
nisi vicisses:
quanquam non dubito,
ut nunc res se habet,
quin anteponas
hanc salutem
illi victoriæ.
X. Ego, Tubero,
non dicerem hæc,
si pœniteret aut vos
vestræ constantiæ,
aut Cæsarem sui beneficii.
Nunc quæro
utrum persequamini
vestras injurias,
an reipublicæ.
Si reipublicæ,
quid respondebitis

Quoi? comme cette chose
n'avait touché en rien
le cœur de cet homme
vers lequel vous étiez venus,
vous fûtes dans *son* parti, je crois,
avec un zèle plus languissant.
Vous étiez seulement
dans les postes,
mais *vos* cœurs
étaient dégoûtés de la cause.
Est-ce que, comme *cela* se fait
dans les guerres civiles,
et *je* ne *dis* pas *cela* plus à-propos-de vous
qu'à-propos-des autres,
tous nous *n'étions pas* possédés
du désir de vaincre?
Certes j'ai été toujours
conseiller de la paix;
mais alors *je l'ai été trop* tard.
Car il était d'un insensé
lorsque tu voyais l'armée-en-bataille,
de penser à la paix.
Tous, dis-je,
nous voulions vaincre:
toi certes principalement,
qui étais venu dans ce lieu,
où il te fallait périr,
si tu n'avais vaincu:
quoique (cependant) je ne doute pas,
comme maintenant la chose se comporte
que tu ne préfères   [(est),
ce salut-ci
à cette victoire-là.
X. Moi, Tubéron,
je ne dirais pas ces choses,
si le-repentir-tenait ou vous
de votre constance,
ou César de son bienfait.
Maintenant je demande
si vous poursuivez
vos injures
ou *celles* de la république.
Si *vous poursuivez celles* de la république,
que répondrez-vous

si vestras, videte ne erretis, qui Cæsarem vestris inimicis iratum fore putetis, quum ignoverit suis. Itaque num tibi videor, Cæsar, in causa Ligarii occupatus esse? num de ejus facto dicere? Quidquid dixi, ad unam summam referri volo vel humanitatis, vel clementiæ, vel misericordiæ tuæ[1].

Causas, Cæsar, egi multas, et quidem tecum, dum te in foro tenuit ratio honorum tuorum[2]; certe nunquam hoc modo : « Ignoscite, judices; erravit; lapsus est; non putavit : si unquam posthac.... » Ad parentem sic agi solet. Ad judices : « Non fecit, non cogitavit, falsi testes, fictum crimen. » Dic te, Cæsar, de facto Ligarii judicem esse; quibus in præsidiis fuerit, quære. Taceo. Ne hæc quidem colligo, quæ fortasse valerent etiam apud judicem : « Legatus ante bellum profectus, relictus in pace, bello oppressus, in eo ipso non acerbus, tum etiam

justifier votre persévérance dans cette cause; si c'est la vôtre, pensez-vous que César vous vengera de vos ennemis, quand il ne s'est pas vengé des siens? Aussi voyez-vous, César, que je me sois occupé de la défense de Ligarius, et que j'aie cherché à justifier ce qu'il a fait? Toutes mes paroles n'ont eu pour objet que de toucher votre humanité, votre clémence, votre compassion.

J'ai défendu bien des causes, et même avec vous, lorsque vos premiers succès au barreau vous ouvraient le chemin des honneurs. Certes, vous ne m'entendîtes jamais dire devant les tribunaux : « Juges, pardonnez; celui que je défends a fait une faute, il n'a pas réfléchi, c'est un moment d'erreur; si jamais par la suite..... » C'est ainsi qu'on défend un fils devant un père. Aux juges l'on dit : « Il ne l'a pas fait, il n'en a pas eu le dessein; les témoins sont des imposteurs, l'accusation est une calomnie, » Dites, César, qu'ici vous n'êtes que juge; demandez quels drapeaux Ligarius a suivis : je me tais. Je n'userai pas même de plusieurs moyens qui pourraient faire impression sur un juge : « Parti en qualité de lieutenant avant les hostilités, laissé dans sa province pendant la paix, surpris par une guerre imprévue, loin d'y montrer de l'acharnement, son cœur

de vestra perseverantia	au-sujet-de votre persévérance
in ea causa?	dans cette cause?
si vestras,	si *vous poursuivez* les vôtres,
videte ne erretis,	prenez-garde que vous ne vous trompiez,
qui putetis Cæsarem	*vous* qui pensez César
fore iratum	devoir être irrité
vestris inimicis,	contre vos ennemis,
quum ignoverit suis.	lorsqu'il a pardonné aux siens.
Itaque, Cæsar,	Aussi, César,
num videor tibi	est-ce que je parais à toi
occupatus esse	m'être occupé
in causa Ligarii?	de la cause de Ligarius?
num dicere	est-ce que *je te parais* parler
de facto ejus?	de la conduite de lui?
Volo quidquid dixi	Je veux tout ce que j'ai dit
referri ad unam summam	être rapporté au seul point
vel tuæ humanitatis,	soit de ton humanité,
vel clementiæ,	soit de *ta* clémence,
vel misericordiæ.	soit de *ta* pitié.
Cæsar, egi multas causas,	César, j'ai plaidé bien des causes,
et quidem tecum,	et même avec toi,
dum ratio tuorum honorum	tandis que le soin de tes honneurs
tenuit te in foro;	tint toi sur le forum; [manière :
certe nunquam hoc modo :	du moins jamais *je n'ai plaidé* de cette
« Ignoscite, judices;	« Pardonnez, juges;
erravit; lapsus est;	il s'est trompé; il a fait-un-faux-pas;
non putavit :	il n'a pas réfléchi :
si unquam posthac... »	si jamais par-la-suite... »
Solet agi sic	Il est-coutume d'être plaidé ainsi
ad parentem.	devant un père.
Ad judices :	Devant des juges *ainsi* :
« Non fecit, non cogitavit,	« Il ne l'a pas fait, il n'y a pas pensé,
testes falsi,	les témoins *sont* faux,
crimen fictum. »	l'accusation mensongère. »
Dic, Cæsar, te esse judicem	Dis, César, toi être juge
de facto Ligarii;	pour la conduite de Ligarius :
quære	demande
in quibus præsidiis fuerit.	dans quels postes il a été.
Taceo.	Je me tais.
Ne colligo quidem hæc,	Je ne recueille même pas ces choses,
quæ fortasse valerent	qui peut-être auraient-du-poids
etiam apud judicem :	même devant un juge :
« Profectus legatus	« Parti *comme* lieutenant
ante bellum,	avant la guerre,
relictus in pace,	laissé *dans sa province* dans la paix,
oppressus bello,	surpris par la guerre, [acharné,
in eo ipso non acerbus,	dans cette *guerre* même *il ne fut* pas

totus animo et studio tuus. » Ad judicem sic agi solet. Sed ego ad
parentem loquor : « Erravi ; temere feci ; pœnitet ; ad clementiam tuam confugio ; delicti veniam peto ; ut ignoscas, oro. Si
nemo impetravit, arroganter ; si plurimi, tu idem fer opem,
qui spem dedisti. » An sperandi Ligario causa non sit, quum
mihi apud te sit locus etiam pro altero deprecandi ?

XI. Quanquam neque in hac oratione spes est posita causæ,
nec in eorum studiis, qui a te pro Ligario petunt, tui necessarii. Vidi enim et cognovi quid maxime spectares, quum pro
alicujus salute multi laborarent ; causas apud te rogantium
gratiosiores esse quam vultus ; neque te spectare quam tuus
esset necessarius is qui te oraret, sed quam illius pro quo laboraret. Itaque tribuis tu quidem tuis ita multa, ut mihi beatiores illi esse videantur interdum, qui tua liberalitate fruuntur.
quam tu ipse, qui illis tam multa concedis. Sed video tamen

et ses vœux ont toujours été pour vous. » C'est là ce qu'il faut dire à
un juge. Mais je parle à un père : « J'ai failli, j'ai commis une im-
prudence ; je me repens ; j'implore votre bonté, je demande le pardon
de ma faute. Si vous n'avez encore fait grâce à personne, ma prière
est présomptueuse ; si vous avez pardonné à beaucoup d'autres, ac-
cordez-moi ce que vous m'avez donné droit d'espérer. » Eh ! Ligarius
peut-il être sans espérance, lorsqu'il m'est permis à moi-même de
vous supplier pour un autre ?

XI. Mais ce n'est ni sur mon discours ni sur les sollicitations de
vos amis que je fonde le succès de ma cause. J'ai reconnu que, toutes
les fois qu'on vous sollicite pour un citoyen, vous avez plutôt égard
aux motifs des intercesseurs qu'à leurs prières mêmes ; vous consi-
dérez moins l'amitié que vous avez pour eux que l'intérêt qu'ils
prennent à celui pour lequel ils intercèdent. Quoique vous vous
plaisiez à répandre sur vos amis un si grand nombre de bienfaits,
que ceux qui jouissent de votre générosité me semblent quelquefois
plus heureux que vous qui les prodiguez ; cependant, je le répète,

tum etiam totus tuus
animo et studio. »

Solet agi sic ad judicem.
Sed ego loquor ad parentem:
« Erravi ;
feci temere ;
pœnitet ;   [tiam ;
confugio ad tuam clemen-
petō venīam delicti ;
orō ut ignoscas.
Si nemo impetravit,
arroganter ;
si plurimi,
tu idem qui dedisti spem ,
fer opem. »
An causa sperandi
non sit Ligario,
quum locus sit mihi
etiam deprecandi
apud te pro altero ?

XI. Quanquam
spes causæ posita est
neque in hac oratione,
nec in studiis eorum
qui petunt a te pro Ligario,
tui necessarii.
Vidi enim et cognovi
quid spectares maxime ,
quum multi laborarent
pro salute alicujus ;
causas rogantium
esse gratiosiores apud te
quam vultus;
neque te spectare
quam esset tuus necessarius
is qui oraret te,
sed quam illius
pro quo laboraret.
Itaque tu quidem
tribuis tuis ita multa,
ut illi qui fruuntur
tua liberalitate
videantur interdum mihi
esse beatiores quam tu ipse ,
qui concedis illis
tam multa.
Sed video tamen

étant alors même tout à-toi
de cœur et d'intention. »

Il est coutume d'être plaidé ainsi devant
Mais moi je parle à un père : [un juge.
«. Je me suis trompé ;
j'ai agi témérairement ;
le-repentir-possède *moi;*
j'ai recours à ta clémence;
je demande la grâce de *ma* faute ;
je *te* prie que tu *me* pardonnes.
Si personne n'a obtenu *sa grâce,*
j'agis avec-présomption ;
si plusieurs *l'ont obtenue,*
toi le même qui *m'*as donné l'espoir,
porte-*moi* secours. »
Est-ce que motif d'espérer
ne serait pas à Ligarius,
lorsque lieu est à moi
même de prier
devant toi pour un autre?

XI. Cependant
l'espoir de *ma* cause *n'*est fondé
ni sur ce discours,
ni sur le zèle de ceux
qui demandent *grâce* à toi pour Ligarius,
étant tes amis.
Car j'ai vu et j'ai reconnu
quoi tu considérais surtout,
lorsque beaucoup travaillaient
pour le salut de quelqu'un ;
j'ai vu les motifs des suppliants
être plus-en-faveur auprès de toi
que *leurs* physionomies ;
et toi ne pas considérer
combien était ton ami
celui qui priait toi,
mais combien *il était l'ami* de celui
pour lequel il travaillait.
Aussi toi certes   [nombreux,
tu accordes aux tiens *des bienfaits* si
que ceux qui jouissent
de ta générosité
semblent parfois à moi
être plus heureux que toi-même,
qui accordes à eux
des bienfaits si nombreux.
Mais je vois pourtant

apud te causas, ut dixi, rogantium valere plus quam preces,
ab iisque te moveri maxime, quorum justissimum dolorem
videas in petendo.

In Q. Ligario conservando multis tu quidem gratum facies
necessariis tuis; sed hoc, quæso, considera, quod soles. Possum fortissimos viros, Sabinos, tibi probatissimos, totumque
agrum Sabinum, florem Italiæ ac robur reipublicæ, proponere.
Nosti optime homines. Animadverte horum omnium mœstitiam
et dolorem. Hujus T. Brocchi, de quo non dubito quid existimes, lacrimas squaloremque ipsius et filii vides. Quid de fratribus dicam? Noli, Cæsar, putare de unius capite nos agere.
Aut tres tibi Ligarii retinendi in civitate sunt, aut tres ex civitate exterminandi. Quodvis exsilium his est optatius quam patria, quam domus, quam dii penates, uno illo exsulante. Si
fraterne, si pie, si cum dolore faciunt, moveant te horum la-

leurs motifs peuvent encore plus sur vous que leurs prières, et ceux
dont la douleur vous paraît la plus juste ont aussi les droits les plus
forts sur votre cœur.

En conservant Ligarius, il est certain que vous comblerez de joie
un grand nombre de vos amis; mais n'écoutez ici que les raisons
qui ont coutume de vous déterminer. Je puis offrir à vos regards
des Sabins, dont la valeur a mérité votre estime ; je puis vous présenter toute leur province, la fleur de l'Italie, le plus ferme appui
de la république. Ils vous sont parfaitement connus. Remarquez leur
douleur et leur tristesse. Je sais combien vous estimez T. Brocchus;
il est présent avec son fils : vous voyez leurs larmes et leur afflic-
tion. Parlerai-je des frères de Ligarius? Ah ! César, ne pensez pas
qu'il s'agisse du salut d'un seul homme. Vous allez conserver à
Rome trois Ligarius, ou les bannir tous les trois. L'exil, quel qu'il
soit, leur semble préférable à la patrie, à leurs foyers, à leurs dieux
pénates, si lui seul est exilé. Ce sont des frères, des hommes sensibles
et pénétrés de douleur ; que leurs larmes, que la tendresse frater-
nelle, que les pieux accents de la nature ne trouvent pas votre cœur

causas rogantium, ut dixi,   les motifs des suppliants, comme j'ai dit,
valere apud te plus   valoir auprès de toi plus
quam preces,   que les prières,
teque moveri maxime   et toi être touché surtout
ab iis quorum videas   par ceux dont tu vois
dolorem justissimum   la douleur la plus juste
in petendo.   en demandant.

In conservando   En conservant
Q. Ligario,   Q. Ligarius,
tu quidem facies gratum   toi certes tu feras une chose agréable
multis tuis necessariis;   à beaucoup d'*hommes qui sont* tes amis;
sed, quæso, considera   mais, je *t'en* prie, considère
hoc quod soles.   ce que tu as-coutume *de considérer*.
Possum proponere   Je puis mettre-devant *tes yeux*
Sabinos, viros fortissimos,   des Sabins, hommes très-courageux,
probatissimos tibi,   très-estimés de toi,
totumque agrum Sabinum,   et tout le pays sabin,
florem Italiæ   la fleur de l'Italie
ac robur reipublicæ.   et la force de la république.
Nosti optime homines.   Tu connais très-bien *ces* hommes.
Animadverte mœstitiam   Remarque la tristesse
et dolorem   et la douleur
omnium horum.   de tous ceux-ci.
Vides lacrimas   Tu vois les larmes   [voici),
hujus T. Brocchi,   de ce T. Brocchus (de T. Brocchus que
de quo non dubito   duquel je ne doute pas
quid existimes,   de ce que tu penses,
squaloremque ipsius   et le deuil de lui-même
et filii.   et de *son* fils.
Quid dicam de fratribus?   Que dirai-je des frères *de Ligarius*?
Noli, Cæsar, putare,   Ne-veuille-pas, César, penser
nos agere de capite nnius.   nous plaider pour la tête d'un seul.
Aut tres Ligarii   Ou les trois Ligarius
retinendi sunt tibi   doivent être conservés par toi
in civitate,   dans la cité,
aut tres   ou les trois
exterminandi ex civitate.   doivent être bannis de la cité.
Exsilium quodvis   Un exil quel-qu'il-soit
est optatius his,   est plus souhaitable à eux,
quam patria, quam domus,   que *leur* patrie, que *leur* famille,
quam dii penates,   que *leurs* dieux pénates,
illo uno exsulante.   celui-là seul étant-exilé.
Si faciunt fraterne,   S'ils agissent fraternellement,
si pie,   s'*ils agissent* avec-tendresse,
si cum dolore,   s'*ils agissent* avec douleur,
lacrimæ horum moveant te,   que les larmes d'eux touchent toi,
pietas moveat,   que *leur* tendresse *te* touche,

crimæ, moveat pietas, moveat germanitas : valeat tua vox
illa, quæ vicit. Te enim dicere audiebamus, nos omnes adversarios putare, nisi qui nobiscum essent; te, omnes qui
contra te non essent, tuos[1]. Videsne igitur hunc splendorem,
omnem hanc Brocchorum domum, hunc L. Marcium, C. Cæsetium, L. Corfidium, hosce omnes equites Romanos, qui
adsunt veste mutata, non solum notos tibi, verum etiam
probatos viros, tecum fuisse? Atque his irascebamur, hos
requirebamus, et his nonnulli etiam minabantur. Conserva
igitur tuis suos, ut, quemadmodum cetera quæ dicta sunt a te,
sic hoc verissimum reperiatur.

XII. Quod si penitus perspicere posses concordiam Ligariorum, omnes fratres tecum judicares fuisse. An potest quisquam
dubitare quin, si Q. Ligarius in Italia esse potuisset, in eadem
sententia futurus fuerit, in qua fratres fuerunt? Quis est qui
horum consensum conspirantem et pæne conflatum, in hac

---

inflexible. Qu'elle s'accomplisse, cette parole sortie de la bouche du
vainqueur : Mes adversaires, disiez-vous, déclarent ennemi quiconque n'est pas avec eux; et moi, je tiens pour amis tous ceux qui
ne sont pas contre moi. Voyez-vous ces illustres citoyens, la famille
entière des Brocchus, L. Marcius, C. Césétius, L. Corfidius, ces chevaliers romains en habit de deuil? vous les connaissez, vous les
estimez; ils étaient tous avec vous. Nous nous irritions contre eux;
nous leur reprochions leur absence, et même quelques-uns de nous
leur prodiguaient les menaces. Conservez donc à vos amis l'ami qu'ils
vous demandent; montrez que César n'a jamais promis en vain.

XII. Si vous pouviez voir, telle qu'elle est, cette union qui règne
entre les Ligarius, vous jugeriez que les frères ont été tous les trois
avec vous. Qui peut douter que Q. Ligarius, s'il avait pu se trouver
en Italie, n'eût embrassé la même cause que ses frères? Est-il un
homme qui ne connaisse cette conformité de principes, cette unité de

germanitas moveat :   que *leur* amour-fraternel *te* touche :

illa vox tua valeat,   que cette parole de toi ait-du-pouvoir,

quæ vicit.   laquelle a vaincu.

Audiebamus enim te dicere,   Car nous entendions toi dire,

nos putare omnes   nous regarder tous *les citoyens*

adversarios,   *comme* ennemis,

nisi qui essent nobiscum ;   si-ce-n'est ceux qui étaient avec nous ;

te tuos   toi *regarder comme* tiens (amis de toi)

omnes qui non essent   tous ceux qui n'étaient pas

contra te.   contre toi.

Videsne igitur   Vois-tu donc

hunc splendorem,   cet éclat,

omnem hanc domum   toute cette famille

Brocchorum,   des Brocchus,

hunc L. Marcium,   ce L. Marcius,

C. Cæsetium, L. Corfidium,   C. Cæsétius, L. Corfidius,

hosce omnes equites Roma-   ceux-ci tous chevaliers romains,

qui adsunt   [nos,   qui sont-présents

veste mutata,   *leur* habit étant changé,

viros non solum notos tibi,   hommes non-seulement connus à toi,

verum etiam probatos,   mais encore éprouvés *de toi*,

fuisse tecum ?   avoir été avec toi ?

Atque irascebamur his,   Et nous étions irrités contre eux,

requirebamus hos,   nous regrettions eux,

et nonnulli etiam   et quelques-uns même

minabantur his.   menaçaient eux.

Conserva igitur tuis suos,   Conserve donc aux tiens les leurs,

ut hoc   afin que ce *mot*

reperiatur verissimum   soit trouvé très-vrai

sic quemadmodum cetera,   ainsi comme tous-les-autres,

quæ dicta sunt a te.   qui ont été dits par toi.

XII. Quod si posses   XII. Que si tu pouvais

perspicere penitus   connaître à-fond

concordiam Ligariorum,   l'union des Ligarius,

judicares omnes fratres   tu jugerais tous *ces* frères

fuisse tecum.   avoir été avec-toi.

An quisquam   Est-ce que quelqu'un

potest dubitare quin,   peut douter que,

si Q. Ligarius   si Q. Ligarius

potuisset esse in Italia,   eût pu être en Italie,

futurus fuerit   il n'eût été

in eadem sententia,   dans la même opinion,

in qua fratres fuerunt?   dans laquelle *ses* frères ont été?

Quis est, qui non noverit   Quel est l'*homme* qui ne connaisse

consensum horum   la conformité-des-sentiments de ceux-ci

conspirantem   se réunissant

et pæne conflatum   et presque fondue

prope æqualitate fraterna, non noverit? qui hoc non sentiat,
quidvis prius futurum fuisse, quam ut hi fratres diversas sen-
tentias fortunasque sequerentur? Voluntate igitur omnes tecum fuerunt: tempestate abreptus est unus; qui, si consilio id
fecisset, esset eorum similis, quos tu tamen salvos esse vo-
luisti.

Sed ierit ad bellum; discesserit non a te solum, verum
etiam a fratribus. Hi te orant tui. Equidem, quum tuis omnibus
negotiis interessem, memoria teneo qualis T. Ligarius quæstor
urbanus fuerit erga te et dignitatem tuam. Sed parum est me
hoc meminisse : spero etiam te, qui oblivisci nihil soles nisi
injurias, quoniam hoc est animi, quoniam etiam ingenii tui,
te aliquid de hujus illo quæstorio officio cogitantem, etiam de
aliis quibusdam quæstoribus reminiscentem recordari [1]. Hic
igitur T. Ligarius, qui tum nihil egit aliud (neque enim hæc
divinabat), nisi ut tu eum tui studiosum et bonum virum ju-

sentiments qui existe entre ces caractères parfaitement semblables?
En est-il un seul qui n'ait la conviction que tout aurait été possible,
plutôt que de les voir divisés d'opinion et d'intérêts? Oui, tous les trois
étaient de cœur avec vous : un seul a été écarté par la tempête ; et, quand
même cette séparation eût été volontaire, il aurait eu cela de commun
avec tant d'autres, qui pourtant ont trouvé grâce devant vous.

Mais je suppose qu'il soit parti dans le dessein de faire la guerre,
qu'il se soit séparé de vous, et même de ses frères. Eh bien! ses frères, qui
étaient avec vous, intercèdent pour lui. Témoin des embarras qu'on vous
suscitait dans Rome, je me rappelle avec quelle ardeur T. Ligarius,
alors questeur civil, soutint les droits de votre dignité. Mais c'est
peu que je m'en souvienne : j'espère que César, dont l'âme noble et
généreuse ne sait oublier que les injures, voudra bien, en pensant
aux bons offices de ce questeur, se rappeler la conduite de quelques-
uns de ses collègues. T. Ligarius ne prévoyait pas ce qui est arrivé ;
il n'avait alors d'autre vue que de vous prouver son zèle et son atta-

in hac prope æqualitate	dans cette quasi-égalité
fraterna?	fraternelle?
qui non sentiat hoc,	*quel est l'homme* qui ne sente ceci,
quidvis futurum fuisse	quoi-que-ce-soit avoir dû être
prius quam	avant qu'*il ne fût arrivé*
ut hi fratres sequerentur	que ces frères suivissent
sententias `	des opinions
fortunasque diversas?	et des fortunes diverses?
Omnes igitur	Tous donc
fuerunt tecum voluntate :	ont été avec toi d'intention :
unus abreptus est	un-seul a été écarté
tempestate ;	par la tempête ;
qui, si fecisset id consilio,	lequel, s'il eût fait cela à dessein,
esset similis eorum	serait semblable à ceux
quos tu tamen	que toi cependant
voluisti esse salvos.	tu as voulu être sauvés.
Sed ierit ad bellum ;	Mais qu'il soit allé à la guerre ;
discesserit non solum a te,	qu'il se soit séparé non-seulement de toi,
verum etiam a fratribus.	mais encore de ses frères.
Hi tui orant te.	Ceux-ci *qui sont* tiens (tes amis) prient [toi.
Equidem, quum interessem	Certes, lorsque j'assistais
omnibus tuis negotiis,	à toutes tes affaires,
teneo memoria	je garde dans *ma* mémoire
qualis T. Ligarius,	quel T. Ligarius,
tum quæstor urbanus,	alors questeur civil,
fuerit erga te	a été envers toi
et tuam dignitatem.	et *envers* ta dignité.
Sed est parum	Mais c'est trop-peu
me meminisse hoc :	moi me souvenir de cela :
spero etiam te,	j'espère aussi toi,
qui soles oblivisci nihil,	qui as-coutume de *n*'oublier rien,
nisi injurias,	sinon les injures,
quoniam hoc est tui animi,	puisque cela est de ton cœur,
quoniam etiam ingenii,	puisque *cela est* aussi de *ton* esprit,
te, cogitantem aliquid	*j'espère* toi, réfléchissant à quelque chose
de illo officio quæstorio	au sujet de ce service de-questeur
hujus ,	de celui-ci,
reminiscentem	te *le* rappelant
recordari etiam [ribus.	te ressouvenir aussi
de quibusdam aliis quæsto-	au-sujet-de quelques autres questeurs.
Hic igitur T. Ligarius,	Donc ce T. Ligarius,
qui tum egit nihil aliud	qui alors n'a recherché rien autre chose
(neque enim divinabat	(et en effet il ne devinait pas
hæc),	ces *événements*),
nisi ut tu judicares	sinon que toi tu jugeasses lui
eum studiosum tui	attaché à toi
et virum bonum,	et homme de-bien,

dicares, nunc a te supplex fratris salutem petit. Quam, hujus admonitus officio, quum utrisque his dederis, tres fratres optimos et integerrimos, non solum sibi ipsos, neque his tot ac talibus viris, neque nobis necessariis suis, sed etiam reipublicæ condonaveris. Fac igitur quod de homine nobilissimo et clarissimo, M. Marcello, fecisti nuper in curia, nunc idem in foro de optimis et huic omni frequentiæ probatissimis fratribus. Ut concessisti illum senatui, sic da hunc populo, cujus voluntatem carissimam semper habuisti. Et, si ille dies tibi gloriosissimus, populo Romano gratissimus fuit, noli, obsecro, dubitare, C. Cæsar, similem illi gloriæ laudem quam sæpissime quærere. Nihil est enim tam populare quam bonitas ; nulla de virtutibus tuis plurimis nec admirabilior nec gratior misericordia est. Homines enim ad deos nulla re propius accedunt quam salutem hominibus dando. Nihil habet nec fortuna tua

chement. Aujourd'hui il vous demande en suppliant le salut de son frère. Si vous l'accordez au souvenir de ce service, vous rendrez non-seulement à eux-mêmes, à tous ces respectables citoyens, à moi, à leur ami, mais, j'ose le dire, à toute la républiqne, trois frères pleins d'honneur et de vertu. Ce que vous avez fait dernièrement dans le sénat en faveur de l'illustre Marcellus, faites-le aujourd'hui dans le forum pour des frères qui jouissent de l'estime de toute cette assemblée. Vous accordâtes Marcellus aux sénateurs : accordez Ligarius au peuple, dont la volonté vous fut toujours si chère. Et, si le jour de ce pardon a été le plus glorieux pour vous et le plus agréable pour le peuple romain, n'hésitez pas, César, je vous en conjure, à rechercher le plus souvent possible les occasions d'une semblable gloire. Rien de si populaire que la bonté, et, de toutes les vertus qui brillent en vous, il n'en est point qu'on admire et qu'on chérisse plus que la clémence. C'est en sauvant les hommes que les hommes se rapprochent le plus de la divinité. Il n'est rien tout à la fois ni de

nunc supplex petit a te	maintenant suppliant demande à toi
salutem fratris.	le salut de *son* frère.
Quam quum dederis	Lequel lorsque tu auras donné
his utrisque,	à ces deux *Ligarius*,
admonitus officio hujus,	averti par le service de celui-ci,
condonaveris tres fratres	tu auras rendu trois frères
optimos et integerrimos,	très-vertueux et très-intègres,
non solum ipsos sibi,	non-seulement eux-mêmes à eux,
neque his viris	et non *seulement* à ces hommes
tot ac talibus,	si-nombreux et tels,
neque nobis	et non *seulement* à nous
suis necessariis,	leurs amis,
sed etiam reipublicæ.	mais encore à la république.
Fac igitur nunc in foro	Fais donc maintenant sur le forum
de fratribus optimis	pour des frères très-vertueux
et probatissimis	et très-estimés
omni huic frequentiæ	de toute cette assemblée
idem quod nuper	la même chose que naguère
fecisti in curia	tu as faite dans le sénat
de M. Marcello,	pour M. Marcellus,
homine nobilissimo	homme très-noble
et clarissimo.	et très-distingué.
Ut concessisti illum	Comme tu as accordé celui-là
senatui,	au sénat,
sic da hunc populo,	ainsi donne celui-ci au peuple,
cujus habuisti semper	dont tu as eu toujours
voluntatem carissimam	la volonté très-chère.
Et, si ille dies	Et, si ce jour-là
fuit gloriosissimus tibi,	fut très-glorieux pour toi,
gratissimus	très-agréable
populo Romano,	au peuple romain,
noli, obsecro, C. Cæsar,	ne veuille pas, je *t'en* prie, C. César,
dubitare quærere	hésiter à rechercher
quam sæpissime	le plus souvent possible
laudem similem illi gloriæ.	une gloire semblable à cette gloire-là.
Nihil enim	Car rien
est tam populare	*n'*est si populaire
quam bonitas;	que la bonté;
nulla	aucune
de tuis plurimis virtutibus	de tes nombreuses vertus
est nec admirabilior	n'est ni plus admirable
nec gratior misericordia.	ni plus agréable que la clémence.
Homines enim	Les hommes en effet
accedunt ad deos	*n'*approchent des dieux
propius nulla re	de plus près par aucune chose
quam dando salutem	qu'en donnant le salut
hominibus.	à des hommes.

majus quam ut possis, nec natura tua melius quam ut velis servare quam plurimos[1].

Longiorem orationem causa forsitan postulat, tua certe natura breviorem. Quare, quum utilius esse arbitrer te ipsum quam aut me aut quemquam loqui tecum, finem jam faciam : tantum te admonebo, si illi absenti salutem dederis, præsentibus his omnibus te daturum.

---

plus grand dans votre fortune que de pouvoir faire des heureux, ni de meilleur dans votre caractère que de le vouloir.

La cause demandait peut-être un discours plus long : plus court encore, il suffisait pour un cœur tel que le vôtre. Ainsi, comme je crois que le meilleur orateur qu'on puisse employer auprès de vous, c'est vous-même, je finis ; et j'ajoute seulement qu'en accordant la grâce à Ligarius absent, vous l'accorderez à tous ceux que vous voyez réunis devant vous.

Nec tua fortuna
habet nihil majus
quam ut possis,
nec tua natura melius
quam'ut velis
servare quam plurimos.

Causa forsitan postulat
orationem longiorem,
certe tua natura
breviorem.
Quare, quum arbitrer
esse utilius
te ipsum loqui tecum
quam aut me
aut quemquam,
jam faciam finem :
admonebo te tantum,
si dederis salutem
illi absenti,
te daturum
omnibus his præsentibus.

Ni ta fortune
n'a rien de plus grand
que *cela, savoir* que tu puisses,
ni ton naturel *n'a rien* de meilleur
que *cela, savoir* que tu veuilles
sauver le plus possible *de citoyens*.

Cette cause peut-être demande
un discours plus long,
assurément ton naturel
en demandait un plus court.
C'est pourquoi, comme je pense
être plus utile
toi-même parler avec toi
que ou moi
ou quelque *autre*,   [cours :
maintenant je ferai (mettrai) fin *à ce dis-*
j'avertirai toi autant (de ceci) *seulement,*
si tu donnes le salut
à celui-là absent,
toi devoir *le* donner
à tous ceux-ci présents.

NOTES.

Page 4 : 1. César se fait un plaisir d'écouter Cicéron. Depuis très-longtemps il n'a point entendu le premier des orateurs du barreau ; mais il est en garde contre toutes les séductions de l'éloquence. Il est sûr de sa haine ; la condamnation de Ligarius est signée, et les tablettes qu'il tient dans ses mains contiennent l'arrêt de l'accusé.

Est-ce le moment de déployer cette imagination brillante, d'épancher cette sensibilité si vive, cette insinuation souple et adroite que nous admirons dans la plupart des autres exordes de l'orateur romain ? Non, sans doute, et Cicéron commencera par tâcher de faire oublier à César que c'est Cicéron qui parle : aussi, point d'exorde en forme. Il entre aussitôt en matière, et sans entreprendre ni de justifier Ligarius, ni de contester les faits, il avoue tout ; il reconnaît Ligarius coupable ; il déclare qu'il n'a rien à attendre, et qu'il n'attend rien de la justice ; il abandonne l'accusé à la clémence de son juge.

L'ironie qui règne dans la première phrase est remarquable. Le séjour de Ligarius en Afrique est présenté comme un crime nouveau, comme un forfait inouï ; son défenseur s'était flatté qu'il était impossible que César en eût aucune connaissance ; il a fallu toute l'activité d'un ennemi pour en découvrir la trace. On sent assez combien cet embarras qu'affecte l'orateur, combien cette exagération outrée doit affaiblir l'impression qu'a pu faire l'accusateur. Bientôt Cicéron quitte l'ironie ; il prend un ton sérieux pour parler de la clémence de César, qui sera son unique refuge, et pour rappeler à Tubéron qu'il fut lui-même aussi coupable qu'il reproche à Ligarius de l'avoir été.

— 2. Tubéron avait épousé une parente de Cicéron. L'orateur, dans son plaidoyer pour Plancius, chap. XLI, parle avec reconnaissance de l'intérêt que Tubéron le père lui témoigna pendant son exil.

Il faut avouer que la conduite de Tubéron est étrange, qu'elle est même inconcevable. Il accuse Ligarius d'avoir porté les armes contre César, et lui-même s'est trouvé à la bataille de Pharsale, combattant pour Pompée. Il lui fait un crime d'avoir été en Afrique, et lui-même avait voulu débarquer en Afrique avec son père, pour y faire, au nom du sénat, la guerre à César.

—3. C. Vibius Pansa, qui fut consul deux ans après, était un des amis les plus intimes de César, et en même temps très-attaché à Cicéron. Il fut blessé dans un combat contre Marc-Antoine, aux environs de Modène, et mourut de sa blessure peu de jours après.

Page 6 : 1. L'orateur rend compte de toutes les démarches de Ligarius ; partout il le représente comme un homme plein des meilleures intentions, qui ne cherche que la paix et le repos, qui soupire sans cesse après la patrie. Tout son vœu est de se voir rendu à des parents, à des amis dont la société seule peut faire son bonheur. Cette narration est un chef-d'œuvre d'art et de naturel ; il y règne cet air de vérité et de simplicité qui attire la confiance et opère la persuasion.

Page 8 : 1. Dans les premiers mouvements de la guerre, Varus, forcé par César d'abandonner l'Italie, se retira en Afrique : il s'empara sans peine de l'autorité ; ces peuples accoutumés à lui obéir respectaient son nom et ses ordres. Ce fut lui qui refusa de reconnaître Tubéron, lorsque celui-ci, envoyé par le sénat, se présenta pour prendre possession du gouvernement. Varus s'étant joint à Juba, roi de la Mauritanie, fut tué à Thapsus.

Page 12 : 1. Jamais exclamation ne fut mieux placée : n'est-il pas admirable en effet d'entendre Cicéron nier que Ligarius ait porté les armes contre César, et reconnaître que lui-même s'était joint à ses ennemis ? Avec quel art il aggrave sa faute, il en exagère les circonstances, et les présente sous les couleurs les moins favorables ! Par ce tour ingénieux, il donne plus de poids et de vraisemblance à ce qu'il dit de l'innocence de Ligarius. Enfin, il s'assure le droit de présenter Tubéron comme un ennemi qui fut lui-même acharné à la perte de César.

— 2. Cicéron ne se détermina enfin à suivre Pompée qu'après que ce général eut quitté l'Italie, c'est-à-dire environ cinq mois après que les hostilités eurent commencé. Il ne se trouva pas à la bataille de Pharsale; le mauvais état de sa santé l'avait retenu à Dyrrachium.

Page 14 : 1. Cicéron, depuis son retour de la Cilicie, où quelques succès militaires lui avaient fait donner par ses soldats le titre d'*imperator*, n'étant point rentré dans Rome, avait, suivant l'usage, conservé les faisceaux couronnés de laurier. C'est ce titre, ce sont ces marques de dignité que, dans sa lettre, César l'invitait à garder. Il les quitta peu de temps après, en rentrant dans la ville, au mois d'octobre de l'an 706. Il les avait conservés quatre ans.

— 2. Ces compliments servent en quelque sorte de passe-port aux reproches sévères et à l'accusation directe qui vont suivre. L'orateur fait entendre qu'il est bien éloigné d'en vouloir personnellement à Tubéron, et que, s'il parle contre lui, c'est qu'il y est contraint par la nécessité.

Page 16 : 1. *Quid enim, Tubero, destrictus ille tuus in acie Pharsalica gladius agebat? cujus latus ille mucro petebat? qui sensus erat armorum tuorum? quæ tua mens? oculi? manus? ardor animi? quid cupiebas? quid optabas?* Tout cela, comme l'observe Rollin, *Traité des Études*, tome II, se réduit à dire que Tubéron lui-même s'est trouvé à Pharsale, et qu'il a combattu contre César. Mais quelle force ne donnent pas à la pensée tant et de si vives figures réunies dans un si petit nombre d'incises; et cette succession rapide de synonymes gradués par leur emploi dans l'expression! avec quelle adresse, avec quelle vigueur l'orateur peint devant César l'accusateur de Ligarius cherchant César dans la mêlée, ses yeux le poursuivant dans tous les rangs, son épée prête à se plonger dans son sein! Cette apostrophe la plus vive, la plus éloquente peut-être qui soit dans Cicéron, a toujours été admirée par les maîtres de l'art. Si l'on en croit Plutarque (*Vie de Cicéron*) l'effet fut décisif; César frémit à l'idée du danger auquel il avait échappé. Les tablettes où était écrit

l'arrêt de Ligarius tombèrent de ses mains, et dès lors le triomphe
de la cause fut assuré.

Page 18 : 1. Sylla faisait payer deux talents à quiconque apportait
la tête d'un proscrit, même à l'esclave qui avait tué son maître,
même au fils qui avait tué son père. Dix-sept ans après cette hor-
rible proscription, César, sortant de l'édilité, fut nommé commis-
saire, *judex quæstionis*, pour les causes de meurtre ; il condamna
comme assassins ceux qui avaient été employés dans la proscription,
et qui avaient reçu de l'argent pour avoir tué des proscrits. Il les
força de restituer au trésor public les sommes qui leur avaient été
données. Il voulait se faire un mérite auprès du peuple de son atta-
chement au parti de Marius, qui avait toujours eu la faveur populaire, et dont il était naturellement le chef par son alliance avec
Marius et Cinna. *Cæsar, in exercenda de sicariis quæstione, eos sica-
riorum numero habuit, qui proscriptione, ob relata civium capita, pe-
cunias ex ærario acceperant, quanquam exceptos Corneliis legibus.* Suétone,
Vie de César, c. ii.

Page 22 : 1. Cicéron sait que plusieurs des amis et des généraux
de César blâment sa clémence, et qu'ils voudraient que ses ven-
geances fussent cruelles et sa haine implacable ; mais il n'ose le dire
nettement ; il craint d'irriter des hommes puissants avec quelques-
uns desquels il a même des liaisons particulières. Il se fait entendre
de manière que nous comprenons sa pensée tout entière ; cependant
il supprime, par une sage réserve, ce qu'il aurait été trop dur de
dire ouvertement.

Page 24 : 1. Pour intenter une accusation, il fallait avoir obtenu
l'aveu du magistrat. L'accusateur jurait qu'il ne suivait que l'im-
pulsion de sa conscience, et qu'il agissait d'après sa conviction in-
time. Alors il présentait l'acte d'accusation ; cet acte, signé de lui,
restait entre les mains du préteur. Il contenait le nom de l'accusé,
le délit avec ses principales circonstances, et les peines auxquelles
il concluait.

Page 26 : 1. Cicéron examine ce qu'il faut penser de la cause de
Pompée : c'était s'engager dans une discussion délicate. Il s'en tire
avec beaucoup d'adresse ; et sa conclusion, sans avoir rien d'inju-

rieux pour Pompée, n'a rien que de flatteur pour César. Il impute la
guerre civile à une fatale influence et à la volonté insurmontable
des dieux. Nos orateurs, Mascaron et Fléchier, obligés, dans l'orai-
son funèbre de Turenne, de parler des guerres civiles qui troublèrent
la France sous la minorité de Louis XIV, ont imité cette réserve et
cette discrétion de l'orateur latin.

Page 28 : 1. Il y a dans le texte : *secessionem tu illam existimavisti.*
C'était le mot le plus doux qu'on pût employer : il veut dire simple-
ment *séparation*, l'action de se retirer. C'est le nom que l'on avait
donné anciennement à la retraite du peuple sur le mont Sacré.

— 2. Les deux consuls, plusieurs consulaires, la plupart des
sénateurs avaient suivi Pompée. César n'avait avec lui presque aucun homme de marque.

Page 32 : 1. Pour sentir la vérité de cette pensée, il suffit de se
rappeler les trois guerres Puniques et celle de Jugurtha. La guerre
que César venait de terminer en Afrique ne fut pas moins vive ni
moins périlleuse.

Page 34 : 1. C'était Juba, roi de Mauritanie ; Pompée avait établi
Hiempsal, son père, sur le trône de cette portion de l'Afrique.
Après la bataille de Thapsus, Juba voulut se réfugier dans sa capi-
tale ; mais les habitants lui en fermèrent les portes. Il se fit tuer par
un de ses esclaves pour ne pas tomber au pouvoir de César.

Page 42 : 1. On a vu comment Cicéron a fait valoir tout ce qui
peut servir l'accusé, tout ce qui peut rendre l'adversaire odieux,
tout ce qui peut émouvoir le juge ; avec quel soin il a rejeté sur les
malheurs du temps et la nécessité des conjonctures ce qu'il n'a pu
nier ou justifier. Il s'en faut donc bien qu'il ait négligé la cause de
son client. Eh ! pouvait-il mieux la servir ? La haine du vainqueur
était extrême ; il a d'abord eu l'adresse de la diviser, et de présenter
à cette flamme ardente plusieurs objets à la fois. Il a donné à Ligarius des complices ; et quels complices ? Ses propres dénonciateurs.
Il a fait plus ; cette haine attachée à l'accusé, il l'a transportée tout
entière sur ceux qui l'accusent. Ils étaient plus coupables que lui ;
ils ont montré contre César l'acharnement le plus opiniâtre. Il leur
a donné la vie, et ce sont eux qui demandent la mort de Ligarius.

L'atrocité de ces persécuteurs impitoyables absout déjà l'accusé ; et César tiendra-t-il contre les paroles qu'on lui adresse : *Erravi ; temere feci.... ut ignoscas*, *oro*. C'est un fils humble et soumis qui avoue sa faute, qui se jette entre les bras d'un père tendre, avec d'autant plus de confiance que beaucoup d'autres ont déjà ressenti les effets de sa générosité.

. — 2. César, dans sa première jeunesse, suivit la route que prenaient ordinairement les jeunes citoyens qui voulaient se faire connaître dans Rome. Il plaida plusieurs fois dans le forum ; à vingt et un ans, il accusa un homme célèbre et puissant, Dolabella, qui avait été consul l'an 671, et qui, à son retour de la Macédoine, avait obtenu le triomphe. Quintilien (X, I) a dit de lui que, s'il avait voulu n'être qu'orateur, il aurait été le seul rival de Cicéron. *C. Cæsar si foro tantum vacasset, non alius ex nostris contra Ciceronem nominaretur. Tanta in eo vis est, id acumen, ea concitatio, ut illum eodem animo dixisse, quo bellavit, appareat.*

Page 48 : 1. Cette parole de César se trouve aussi rapportée par Suétone (*Vie de César*, c. LXXV). *Denuntiante Pompeio, pro hostibus se habiturum qui reipublicæ defuissent, ipse (Cæsar) medios, et neutrius partis, suorum sibi numero futuros pronuntiavit.*

Page 50 : 1. Au commencement de la guerre civile, César ayant voulu s'emparer du trésor public, les questeurs, et surtout le tribun Métellus, se mirent en devoir de s'y opposer. Malgré leur résistance, il fit enfoncer les portes du trésor. *C. Cæsar, primo introitu Urbis, civili bello suo, ex ærario protulit laterum aureorum XV M., argenteorum XXXV M., et in numerato HS $\overline{CCCC}$. Nec fuit aliis temporibus respublica locupletior.* (Pline, XXXIII, III.) « César, la première fois qu'il entra dans Rome pendant la guerre civile, tira du trésor public quinze mille barres d'or, et trente-cinq mille d'argent, et en espèces monnayées, quarante millions de sesterces (9 000 000 fr.). Jamais la république ne fut plus riche. »

Cicéron n'avait garde de rappeler nettement ce fait. Il se contente d'observer que tous les questeurs n'en avaient pas usé envers lui comme le frère de Ligarius.

Page 54 : 1. « C'est renfermer en deux lignes, avec autant de noblesse que de précision, le résultat le plus riche, le plus étendu, le plus moral de la puissance et de la bonté. » (La Harpe, *Cours de Littérature*, tome III.)

Le dictateur ne se trompait pas, lorsqu'il regardait Ligarius comme un ennemi implacable. Rentré dans Rome, celui-ci se lia si intimement avec Brutus, qu'il devint un de ses principaux confidents dans la conspiration contre César. Il tomba malade vers le temps de l'exécution. Brutus lui rendit visite, et se plaignit d'un si fâcheux contre-temps. Ligarius se releva sur son lit, et le prenant par la main : « Parlez, Brutus, lui dit-il, et, si vous avez à me proposer quelque action digne de vous, je me porte bien. » Il répondit à la confiance de Brutus, et fut un des meurtriers de César. Tel est le récit d'Appien, *Guerres civiles*, II, CXIII. Suivant le même historien (IV, XXII), Ligarius périt dans les proscriptions du triumvirat avec un de ses frères.

LIBRAIRIE DE L. HACHETTE ET Cᴵᵉ,

RUE PIERRE-SARRAZIN, 14, A PARIS

(Près de l'École de médecine).

LES
AUTEURS LATINS

EXPLIQUÉS

D'APRÈS UNE MÉTHODE NOUVELLE PAR DEUX TRADUCTIONS FRANÇAISES,

L'une littérale et *juxtalinéaire*, présentant le mot à mot français en regard des mots latins correspondants ; l'autre correcte et précédée du texte latin ; avec des Sommaires et des Notes en français ; par une Société de Professeurs et de Latinistes. Format in-12.

Cette collection comprendra les principaux auteurs qu'on explique dans les classes.

EN VENTE :

	fr.	c.
VIRGILE : *Églogues*, par MM. Sommer et A. Desportes................	1	50
La première Églogue séparément..........................	»	30
— *Énéide*, par les mêmes, 4 volumes......................	16	»
Les livres I, II et III, réunis en 1 volume................	4	»
Les livres IV, V et VI, réunis en 1 volume...............	4	»
Les livres VII, VIII et IX, réunis en 1 volume...........	4	»
Les livres X, XI et XII, réunis en 1 volume.............	4	»
Chaque livre séparément.........................	1	50
— *Géorgiques* (les quatre livres), par les mêmes	3	»
Chaque livre séparément.......................	»	90

LES
AUTEURS GRECS
EXPLIQUÉS

D'APRÈS UNE MÉTHODE NOUVELLE PAR DEUX TRADUCTIONS FRANÇAISES,

L'une littérale et *juxtalinéaire*, présentant le mot à mot français en
regard des mots grecs correspondants; l'autre correcte et précédée
du texte grec; avec des Sommaires et des Notes en français; par une
Société de Professeurs et d'Hellénistes. Format in-12.

Cette collection comprendra les principaux auteurs qu'on explique dans les classes.

EN VENTE :

	fr.	
ARISTOPHANE : *Plutus*, par M. Cattant, professeur au lycée de Nancy...	2	25
BABRIUS : *Fables*, par MM. Théobald Fix et Sommer..................	4	»
BASILE (SAINT) : *De la lecture des auteurs profanes*, par M. Sommer ...	1	25
— *Observe-toi toi-même*, par le même............................	1	»
— *Contre les usuriers*, par le même.............................	»	75
CHRYSOSTOME (S. JEAN) : *Homélie sur le retour de l'évêque Flavien.*		
par M. Sommer, agrégé des classes supérieures, docteur ès lettres........	»	»
— *Homélie en faveur d'Eutrope*, par le même.........................	»	60
DÉMOSTHÈNE : *Discours contre la loi de Leptine*, par M. Stiévenart....	3	50
— *Discours pour Ctésiphon ou sur la Couronne*, par M. Sommer.........	5	»
— *Harangue sur les prévarications de l'Ambassade*, par M. Stiévenart....	6	»
— *Olynthiennes* (les trois), par M. C. Leprévost..................	1	50
Chaque Olynthienne séparément............................	»	50
— *Philippiques* (les quatre), par MM. Lemoine et Sommer...............	3	50
Chaque Philippique séparément............................	»	90
ESCHINE : *Discours contre Ctésiphon*, par M. Sommer................	4	»
ESCHYLE : *Prométhée enchaîné*, par MM. Le Bas et Théobald Fix.........	2	»
— *Sept contre Thèbes* (les), par M. Materne, inspecteur d'Académie........	1	50
ÉSOPE : *Fables choisies*, par M. C. Leprévost......................	1	»
EURIPIDE : *Électre*, par M. Théobald Fix.........................	3	»
— *Hécube*, par M. C. Leprévost, professeur au lycée Bonaparte.............	2	»
— *Hippolyte*, par M. Théobald Fix..................................	3	50
— *Iphigénie en Aulide*, par MM. Théobald Fix et Le Bas.................	3	50

LES AUTEURS ANGLAIS

EXPLIQUÉS

D'APRÈS UNE MÉTHODE NOUVELLE PAR DEUX TRADUCTIONS FRANÇAISES,

L'une littérale et *juxtalinéaire*, présentant le mot à mot français en regard des mots anglais correspondants ; l'autre correcte et précédée du texte anglais ; avec des Sommaires et des Notes en français ; par une Société de Professeurs et de Savants. Format in-12.

EN VENTE :

SHAKSPEARE : *Coriolan*, par M. Fleming, ancien professeur de langue anglaise à l'École polytechnique. Broché.............................. 6 fr. »

LES AUTEURS ALLEMANDS

EXPLIQUÉS

D'APRÈS UNE MÉTHODE NOUVELLE PAR DEUX TRADUCTIONS FRANÇAISES,

L'une littérale et *juxtalinéaire*, présentant le mot à mot français en regard des mots allemands correspondants ; l'autre correcte et précédée du texte allemand ; avec des Sommaires et des Notes en français ; par une Société de Professeurs et de Savants. Format in-12.

EN VENTE :

LESSIN : *Fables* en prose et en vers, par M. Boutteville, professeur suppléant de langue allemande au lycée Bonaparte. Broché..................... 2 fr. 50 c.

SCHILLER : *Guillaume Tell*, par M. Th. Fix, professeur de langue allemande au lycée Napoléon. Broché.............................. 6 fr. »

— *Marie Stuart*, par le même. .... 6 fr. »

LES AUTEURS ARABES

EXPLIQUÉS

D'APRÈS UNE MÉTHODE NOUVELLE PAR DEUX TRADUCTIONS FRANÇAISES,

L'une littérale et *juxtalinéaire*, présentant le mot à mot français en regard des mots arabes correspondants, l'autre correcte et précédée du texte arabe.

EN VENTE :

LOKMAN : *Fables*, avec un dictionnaire analytique des mots et des formes difficiles qui se rencontrent dans ces fables, par M. Cherbonneau. 1 vol. in-12. Prix, broché.. 3 fr.

HISTOIRE DE CHEMS-EDDINE EL NOUR-EDDINE, *extraite des Mille et une Nuits*, par M. Cherbonneau... » »

DE L'IMPRIMERIE DE CH. LAHURE (ANCIENNE MAISON CRAPELET)
rue de Vaugirard, 9, près de l'Odéon.

www.ingramcontent.com/pod-product-compliance
Lightning Source LLC
Chambersburg PA
CBHW070808260626
47161CB00006B/2195